KB210614

주님이 가르쳐주신 제자도가 내가 걸어갈 길이란 것을 깨닫게
하시고 이끌어주신 분이 트리니티에서 공부할 때 은사이신 로버트
콜만 교수님이십니다. 교수님은 삶으로 나에게 제자도를
가르쳐주셨습니다. 그 감사한 마음으로 담아 이 책을 드립니다.

날마다 성서 시리즈
하정완 목사와 성경읽기

사도행전,

성령에
이끌려 걷다

날마다 성서 시리즈
하정완 목사와 성경읽기
사도행전, 성령에 이끌려 걷다

지은이 · 하정완
펴낸이 · 이충석
꾸민이 · 성상건
편집디자인 · 자연DPS

펴낸날 · 2017년 8월 1일
펴낸곳 · 도서출판 나눔사
주소 · (우) 03446 서울특별시 은평구 은평터널로7가길
　　　 20. 303(신사동 삼익빌라)
전화 · 02)359-3429　팩스 02)355-3429
등록번호 · 2-489호.(1988년 2월 16일)
이메일 · nanumsa@hanmail.net

ⓒ 하정완, 2017

ISBN　978-89-7027-302-0-03230

값 10,000원
잘못된 책은 바꾸어 드립니다.

이 도서의 국립중앙도서관 출판예정도서목록(CIP)은 서지정보유통지원시스템 홈페이지
(http://seoji.nl.go.kr)와 국가자료공동목록시스템(http://www.nl.go.kr/kolisnet)에서 이용하실 수 있습니다.
(CIP제어번호 : CIP2017017628)

날마다 성서 시리즈
하정완 목사와 성경읽기

사도행전,

성령에 이끌려 걷다

하정완 | 지음

나눔사

성경을 읽어야 사람은 살 수 있다

"태초에 하나님이 천지를 창조하시니라"(창1:1)

'하나님이 세상을 창조하셨다.' 하나님이 만드셨습니다. 여기서 잊지 말아야 할 것은 창조 이전의 모습입니다. 창세기는 이렇게 기록하였습니다.

"땅이 혼돈하고 공허하며 흑암이 깊음 위에 있고 하나님의 영은 수면 위에 운행하시니라"(창1:2)

하나님이 창조하시기 전 세상의 진실은 상상할 수 없는 혼란이었고, 어둠이었고, 절망이었습니다. 아무 것도 없었던 완벽한 카오스였습니다. 이 모습이 세상이었습니다.

그런데 우리도 이 세상의 일부였습니다. 창세기 2장에 나오는 하나님이 사람을 창조하시는 장면에서 우리의 근거가 기술되는 것을 알 수 있습니다.

> "여호와 하나님이 땅의 흙으로 사람을 지으시고"(창2:7)

여기에서 "흙"이라는 말로 사용된 히브리어 '아파르'는, 단순한 흙이 아니라 '찌꺼기 더미'라는 뜻입니다. 그것이 혼돈과 공허한 것의 내용입니다. 우리의 본질적인 모습입니다.

'세상의 본질, 사람의 근거는 허무와 혼돈, 무지와 사악 그리고 무질서, 결핍과 공허였다.' 이것이 창세기가 말하고 있는 이 세상과 사람의 뿌리입니다. 한마디로 말해서 'nothing' 아무 것도 아니었습니다. 그런데 그 같은 허무와 공허에서 하나님이 창조하신 것입니다. 이 창조의 핵심은 말씀이었습니다.

> "하나님이 이르시되 빛이 있으라 하시니 빛이 있었고... 그대로
> 되니라"(창1:3,7)

'빛이 있으라 하시니 빛이 있었다.' 세상이 바뀐 것입니다. 혼돈과 어둠이 밝혀진 것입니다. 그러나 중요한 것은 빛이 생긴 것이 아니라, 빛의 원인이 바로 하나님이 말씀하신 것에서 시작되었다는 것입니다. 하나님이 혼돈과 무질서한 세상에 말씀으로 질서를 두신 것입니다. 이 아름다운 창조를 요한복음은 이렇게 기록하였습니다.

> "태초에 말씀이 계시니라 이 말씀이 하나님과 함께 계셨으니 이
> 말씀은 곧 하나님이시니라 그가 태초에 하나님과 함께 계셨고 만
> 물이 그로 말미암아 지은 바 되었으니 지은 것이 하나도 그가 없
> 이는 된 것이 없느니라"(요1:1-3)

창조의 핵심은 말씀이었습니다. 말씀으로 세상을 창조하신 것입니다. 말씀, 곧 성경이 중요한 이유입니다. 우리가 성경을 읽어야 하는 이유입니다. 말씀하는 순간 세상은 공허에서 질서가 잡혔고, 혼돈에서 소망이 생겼고, 죽음에서 생명이 드러났기 때문입니다. 그것이 창세기 1장이 말하고 있는 내용입니다.

"하나님이 이르시되 빛이 있으라 하시니 빛이 있었고"(창1:3)

그러므로 크리스천은 무조건 하나님의 말씀, 곧 성경으로 살아야 합니다. 더욱이 우리의 본질은 혼돈과 공허함이었기 때문입니다. 오로지 성경만이 우리를 다시 새롭게 빚으시고 창조하실 것이기 때문입니다. 성경을 읽어야 사람이 살 수 있는 결정적인 이유입니다. 성경 없이 우리가 살 길은 없기 때문입니다.

성경 66권 전부를 읽고 묵상하는 것은 모든 크리스천의 로망입니다. '하정완 목사와 성경읽기' 시리즈는 그 같은 로망에 대한 개인적인 응답이자 한국 교회와 함께 하고 싶은 열망이기도 합니다.

이 근사한 성경읽기를 할 수 있었던 것은 꿈이 있는 교회라는 토양 때문입니다. 그래서 꿈이있는교회와 staff들 특히 원고를 정리해준 김유빈 전도사에게 감사를 드리며, 동시에 이 같은 출간을 흔쾌히 받아주신 나눔사 성상건 장로님과 직원들에게도 감사를 드립니다. 그러나 무엇보다 나의 신앙의 큰 지원자인 아내 서은희와 나의 주 하나님께 감사를 드립니다.

성서 한국을 꿈꾸며
하정완 목사

책 사용 가이드

'하정완 목사와 성경읽기' 시리즈는 성경을 읽되 가능한 깊이 묵상하며 읽는 것을 돕기 위하여 만들어졌습니다. 단순 통독이 아니라 깊은 묵상을 할 수 있도록 준비하였습니다.

1. 가능한 성경 본문을 읽고 생각하십시오.

가장 좋은 방법입니다. 제시된 성경 본문을 먼저 읽는 것입니다. 그리고 자신에게 주신 단어 혹은 구절에 대한 느낌을 꼭 적으시기 바랍니다.

2. 성경을 읽지 않아도 묵상할 수 있게 배려했습니다.

매우 성경 중심으로 글을 썼기 때문입니다. 비록 성경을 읽지 못한 상태로 읽어가도 충분히 이해할 수 있도록 성경을 인용하였습니다.

3. 묵상일기를 남기십시오.

반드시 글을 읽고 난 후에 '묵상' 란에 오늘 말씀을 통하여 깨닫게 된 것을 한 줄이라도 남기셔야 합니다. 일종의 묵상일기입니다.

4. 전체를 이어서 읽어도 됩니다.

매일 한 개씩 읽으면서 진행해도 되지만 전체를 이어 읽으면서 성경을 묵상하는 것도 좋은 방법입니다.

'성경 66권을 묵상하면서 읽다!'

이것이 목표입니다.

: : 차 례 : :

제1부

성령의 임재

떠나지 말라

* Lexio 읽기 / 사도행전 1:1-5

가능하면 오늘의 본문을 먼저 읽는 것이 좋지만 바로 아래 글을 읽어도 좋습니다. 충분히 본문을 이해하도록 배려하며 글을 썼습니다. 혹시 본문을 읽으신 분은 감동이 오는 말씀이나 단어 혹은 느낌을 간단히 적으시면 좋습니다.

"예루살렘을 떠나지 말고 내게서 들은 바 아버지께서 약속하신

것을 기다리라"(행1:4)

주님께서 승천하신 후에 제자들이 함께 모여 해야 할 일은 말씀하신 대로 기다리는 것이었습니다. 하지만 기다리는 것보다 먼저 해야 할 것이 있었습니다. 그것은 '떠나지 마는 것'이었습니다. 언제나 기다리는 것의 시작은 떠나지 않는 것입니다. 사실 기다림은 적극적인 하나님의 개입에 대한 열망이라고 해야 옳습니다.

그렇다면 떠나는 것은 무엇입니까? 하나님을 의지하는 것이 아니라 내가 내 인생의 주인인 것처럼 생각하고 내 마음대로 내 인생에 개입하는 행위입니다. 예를 들어 이스라엘이 애굽의 군대가 쫓아오는 상황에서 홍해를 만났을 때 그들 중 일부는 협상팀을 만들려고 하였습니다. 그것이 바로 '떠나는 것'입니다. 내 마음대로 하는 것입니다.

그런 관점에서 보면 우리는 기다리기보다 수없이 떠나는 삶을 살았

습니다. 내 마음대로 사는 모든 행위 말입니다. 내게 편하고 쉬운 일을 찾아 주님의 일을 약화시키거나 축소시켰던 경우가 있었음을 고백하지 않을 수 없습니다.

그러므로 주님의 섭리를 기다리면서 비록 손해가 예상될지라도 그 자리를 지키고 떠나지 않는 것은 매우 중요한 신앙행위입니다. 물론 쉽지 않을 것입니다. 당장 무엇인가를 해야 될 것 같기 때문입니다. 그렇지 않으면 도태될 것 같은 느낌에 사로잡히기도 할 것입니다. 그럼에도 불구하고 지긋이 그 자리를 지키는 것이 우선입니다.

사도행전, 이 놀라운 복음의 역사. 예루살렘 유대를 넘어 사마리아와 땅 끝까지 이르는 복음 전도 역사의 시작은 떠나지 않는 것이었습니다. 자리를 지키는 것이었습니다. 주님의 다음 명령을 지킬 수 있도록 말입니다.

'떠나려던 계획을 내려놓으십시오. 그것이 고난의 현장일지라도 머물며 살 계획을 세우십시오.'

* Meditatio 묵상
오늘 말씀을 통하여 깨닫게 된 것을 짧게 적어보십시오.

주님의 크기는 우리와 다르다

* Lexio 읽기 / 사도행전 1:6-11

가능하면 오늘의 본문을 먼저 읽는 것이 좋지만 바로 아래 글을 읽어도 좋습니다. 충분히 본문을 이해하도록 배려하며 글을 썼습니다. 혹시 본문을 읽으신 분은 감동이 오는 말씀이나 단어 혹은 느낌을 간단히 적으시면 좋습니다.

"예루살렘을 떠나지 말고 내게서 들은 바 아버지께서 약속하신

것을 기다리라"(행1:4)

"떠나지 말고… 기다리라"는 주님의 말씀 앞에 제자들은 '언제?'라는 질문이 생겼습니다. 그래서 던진 질문이 '시간'에 대한 것이었습니다. 동시에 공간에 대한 질문, 곧 자신들의 나라 이스라엘이 언제 회복될 것인지, 로마의 치하에서 회복될 시기가 언제인지를 알고 싶었습니다. 당연한 관심이었습니다.

"주께서 이스라엘 나라를 회복하심이 이 때이니까"(행1:6)

이것이 제자들의 한계였습니다. 그들이 믿고 있는 분이 온 우주 만물을 창조하신 하나님이시고 세상을 구원하러 오신 예수님이셨지만 그들의 관심은 자신들의 나라였고 자신들이 살고 있는 시대였습니다. 그것이 제자들이 지닌 그릇의 크기였습니다. 그때 주님은 시기와 때에 대한 것은 제자들의 소관이 아니라고 말씀하셨습니다.

> "때와 시기는 아버지께서 자기의 권한에 두셨으니 너희가 알 바 아니요"(행1:7)

이어서 하신 주님의 말씀은 전혀 다른 시각의, 전혀 다른 크기의 말씀이었습니다.

> "오직 성령이 너희에게 임하시면 너희가 권능을 받고 예루살렘과 온 유대와 사마리아와 땅 끝까지 이르러 내 증인이 되리라"(행1:8)

주님은 "땅 끝"과 "세상 끝날"(마28:20)을 생각하고 계셨습니다. 그렇다면 이것은 우리가 완성할 수 있는 일이 아니라는 말씀이었습니다. 그러므로 우리의 역할은 주님의 말씀처럼 주님이 부어주시는 은혜와 은사의 분량만큼만 일하면 되는 것이었습니다. 이것이 중요합니다. 주님께서 이 역사를 완성하실 것이기 때문입니다. 우리가 이렇게 참여하는 것만으로 영광스러운 것이 되는 이유입니다.

'내게 주어진 것을 잘 하는 것이 사명을 감당하는 것입니다. 알고 계셨습니까?'

* Meditatio 묵상
오늘 말씀을 통하여 깨닫게 된 것을 짧게 적어보십시오.

- -

- -

성령 충만을 받았다면

* Lexio 읽기 / 사도행전 1:8

가능하면 오늘의 본문을 먼저 읽는 것이 좋지만 바로 아래 글을 읽어도 좋습니다. 충분히 본문을 이해하도록 배려하며 글을 썼습니다. 혹시 본문을 읽으신 분은 감동이 오는 말씀이나 단어 혹은 느낌을 간단히 적으시면 좋습니다.

> "오직 성령이 너희에게 임하시면 너희가 권능을 받고 예루살렘과
> 온 유대와 사마리아와 땅 끝까지 이르러 내 증인이 되리라"(행1:8)

제자들에게 하나님께서 약속하신 성령이 임재하기 전에 떠나지 말고 기다릴 것을 요청하신 이유가 이 말씀에 쓰여 있습니다. 바로 "권능" 때문이었습니다.

그 "권능"이 딱히 어떤 것이라고 말할 수는 없습니다. 그러나 한 가지 분명한 것은 "예루살렘과 온 유대와 사마리아와 땅 끝"에 이를 때까지 강력한 운동력과 능히 복음을 전할 수 있는 힘을 충분히 생기게 할 수 있다는 것입니다.

알다시피 제자들과 그 당시 크리스천들은 유약한 자들이었습니다. 하지만 성령 충만 후에 바로 일어난 사건은 베드로와 요한 같은 이들이 대제사장과 바리새인들이 쳐다보고 있는 예루살렘 거리 한복판에서 말씀을 선포하는 강력함이었습니다. 그들에게 생긴 "권능"이었습니다.

여기서 잊지 말아야 할 또 한 가지는 성령의 임재로 벌어지는 마음의 상태입니다. 그것은 '증인이 되는 것'입니다. 결국 마음에서 소원하는 것이 예수 그리스도를 증거하고 드러내는 것입니다. 성령의 임재로 벌어진 현상입니다.

공부를 하든, 돈을 벌든, 권력을 얻든 할 것 없이 모든 것의 방향은 증인이 되는 것에 초점되어졌습니다. 모든 하나님의 사람들은 그렇게 반응하였습니다. 증인으로 사는 것이 삶의 목적이 된 것입니다.

왜 그렇습니까? 성령이 임재한다는 것은 하나님의 마음이 임한다는 것과 동일하기 때문입니다. 곧 하나님의 마음을 알게 된 것입니다. 그래서 세상을 향한 긍휼히 여기는 마음으로 나타난 것입니다. 당연한 일이었습니다.

'내가 성령 충만함을 받았다면 나의 삶의 목적과 방향이 주를 향해 바뀝니다. 당신은 어떻습니까?'

---

* Meditatio 묵상
오늘 말씀을 통하여 깨닫게 된 것을 짧게 적어보십시오.

- -

- -

기도가 전부였다

* Lexio 읽기 / 사도행전 1:12-14

가능하면 오늘의 본문을 먼저 읽는 것이 좋지만 바로 아래 글을 읽어도 좋습니다. 충분히 본문을 이해하도록 배려하며 글을 썼습니다. 혹시 본문을 읽으신 분은 감동이 오는 말씀이나 단어 혹은 느낌을 간단히 적으시면 좋습니다.

"예루살렘을 떠나지 말고 내게서 들은 바 아버지께서 약속하신

것을 기다리라"(행1:4)

"기다리라"는 주님의 말씀을 듣고 그들이 한 것은 기도였습니다. 그러니까 '떠나지 말라'는 말씀을 내가 나의 뜻으로 '무엇을 하는 것'을 멈추는 것으로 이해하였다면 "기다리라"는 말씀은 주님이 허락하실 것을 매우 능동적으로 구하는 것을 의미했습니다. 그것이 기도였습니다.

"여자들과 예수의 어머니 마리아와 예수의 아우들과 더불어 마음

을 같이하여 오로지 기도에 힘쓰더라"(행1:14)

이 기도의 결과로 오순절 날 그들은 성령을 선물로 받습니다. 응답받은 것입니다. 하지만 오늘 우리와는 뭔가 다른 것이 있는 것 같습니다. 사실 우리 역서 수많은 날 동안 기도를 하였지만 언제나 이들이 받은 것 같은 기막힌 은혜를 경험한 것은 아니기 때문입니다.

그렇다면 '무슨 차이가 있었던 것은 아닌가?' 하는 질문을 하게 됩니다. '뭔가 다른 것이 있었다!' 무엇이 다른 것이었을까요? 그런 관점에서 볼 때 이들의 기도에는 매우 중요한 요소들이 있었습니다.

더불어
마음을 같이하여
오로지
힘쓰다

한 마디로 표현하면 기도가 전부였다는 말입니다. 기도가 전부였다는 말은 전적으로 주님을 의존하고 의뢰하였다는 말입니다. 그들에게 기도는 해도 되고 안 해도 되는 액세서리 정도가 아니었습니다. 그런 까닭에 응답은 당연했습니다. 그들에게 응답이 이뤄진 것은 기도의 결과였습니다.

'어떻습니까? 우리의 기도는 어떤 기도입니까? 하나씩 점검해 보십시오. 우리의 기도가 응답되지 못하는 이유를 아시겠습니까?'

* Meditatio 묵상
오늘 말씀을 통하여 깨닫게 된 것을 짧게 적어보십시오.

- -

- -

묶인 것을 풀어라

* Lexio 읽기 / 사도행전 1:15-26
가능하면 오늘의 본문을 먼저 읽는 것이 좋지만 바로 아래 글을 읽어도 좋습니다. 충분히 본문을 이해하도록 배려하며 글을 썼습니다. 혹시 본문을 읽으신 분은 감동이 오는 말씀이나 단어 혹은 느낌을 간단히 적으시면 좋습니다.

"여자들과 예수의 어머니 마리아와 예수의 아우들과 더불어 마음

을 같이하여 오로지 기도에 힘쓰더라"(행1:14)

그들은 정말 열심히 기도하였습니다. 이렇게 전심으로 기도하였지만 금방 응답 된 것은 아니었습니다. 그 후로 약 10일 정도 시간이 경과하였습니다. 그때까지 기도의 응답은 이뤄지지 않은 것입니다.

왜 기도의 응답이 금방 이뤄지지 않은 것입니까?

이때 갑자기 들어온 이야기가 베드로의 이야기입니다. 기도 중에 그가 유다 문제를 꺼낸 것입니다. 사실 그들이 하나가 되어 기도하고 있었지만 해결되지 않은 것이 있었습니다. 바로 그들과 생사고락을 같이 했었지만 예수를 배반한 가룟 유다 문제였습니다. 특히 그의 자살이 큰 걸림돌이었던 것 같습니다.

"형제들아 성령이 다윗의 입을 통하여 예수 잡는 자들의 길잡이

가 된 유다를 가리켜 미리 말씀하신 성경이 응하였으니 마땅하도 다"(행1:16)

베드로는 시편 등 구약의 말씀들을 들어 그들의 마음에 복잡하게 얽혀있는 유다의 문제를 풀어 주었습니다. 자세한 기록이 있지는 않지만 거기에 모인 120명은 베드로의 말을 들으면서 묶였던 것이 풀린 것으로 보입니다.

드디어 빠진 이빨 같은 열두 제자의 수를 채우기 위하여 제비뽑기를 통해 유다를 대신하는 사도로 맛디아를 세웠습니다. 그런데 놀랍게도 이어서 벌어진 것이 성령의 임재였습니다.

"제비 뽑아 맛디아를 얻으니 그가 열한 사도의 수에 들어가니라 오순절 날이 이미 이르매 그들이 다같이 한 곳에 모였더니"
(행1:26-2:1)

'묶여 있는 것은 기도가 응답되지 않는 또 하나의 지점입니다. 묶인 것을 푸는 것이 기도 응답의 방법입니다. 나에게 묶인 것은 무엇입니까?'

* Meditatio 묵상
오늘 말씀을 통하여 깨닫게 된 것을 짧게 적어보십시오.

- -

- -

하나님의 준비

* Lexio 읽기 / 사도행전 2:1-13

가능하면 오늘의 본문을 먼저 읽는 것이 좋지만 바로 아래 글을 읽어도 좋습니다. 충분히 본문을 이해하도록 배려하며 글을 썼습니다. 혹시 본문을 읽으신 분은 감동이 오는 말씀이나 단어 혹은 느낌을 간단히 적으시면 좋습니다.

> "제비 뽑아 맛디아를 얻으니 그가 열한 사도의 수에 들어가니라
> 오순절 날이 이미 이르매 그들이 다같이 한 곳에 모였더니"
>
> (행1:26-2:1)

전적으로 하나님께 의존하여 기도하고 그들의 마음에 묶인 것을 풀었을 때 성령이 임하였습니다. 성령은 그들에게 가득히 임재 했습니다. 충만함이었습니다. 모자람이 없는 완벽한 만족이었습니다. 이렇게 모두 다 "성령의 충만함"(행2:4)을 받고 난 후 그들에게 임한 것이 방언의 은사였습니다.

> "그들이 다 성령의 충만함을 받고 성령이 말하게 하심을 따라 다
> 른 언어들로 말하기를 시작하니라"(행2:4)

여기서 주의할 것이 있습니다. 그것은 이때 임한 방언의 은사는 오늘 우리가 일반적으로 받는 방언과는 약간 다르다는 사실입니다. 그들이 받은 방언의 은사는 실제적으로는 언어 은사였습니다. 그러니까 성령

이 임하였을 때 그들은 배운 적이 없는 다른 나라, 다른 지역의 언어를 구사한 것입니다. 그런 현상에 다른 지역이나 나라에서 온 사람들이 놀라는 것은 당연한 것이었습니다.

> "그레데인과 아라비아인들이라 우리가 다 우리의 각 언어로 하나
> 님의 큰 일을 말함을 듣는도다 하고 다 놀라며 당황하여 서로 이
> 르되 이 어찌 된 일이냐"(행2:11-12)

이 현상을 잘 이해할 필요가 있습니다. 성령께서 언어의 은사를 주신 것은 "땅 끝까지 이르러 내 증인"(행1:8)이 되라는 명령을 이루기 위한 하나님의 준비였습니다. 땅 끝까지 복음을 전하기 위하여 당장 필요한 것으로 언어소통이 가능해야 했기 때문이었습니다. 그래서 허락하신 것이 언어였습니다. 방언은 그렇게 임한 것이었습니다.

우리는 여기서 성령이 임할 때 주어지는 능력, 곧 은사는 주님의 명령을 수행하기에 적합한 그 '무엇'임을 알 수 있습니다. 이것을 꼭 기억하십시오.

'내가 받은 성령의 선물은 무엇이었다고 생각하십니까?'

* Meditatio 묵상
오늘 말씀을 통하여 깨닫게 된 것을 짧게 적어보십시오.

술에 취한 것처럼

* Lexio 읽기 / 사도행전 2:14–21

가능하면 오늘의 본문을 먼저 읽는 것이 좋지만 바로 아래 글을 읽어도 좋습니다. 충분히 본문을 이해하도록 배려하며 글을 썼습니다. 혹시 본문을 읽으신 분은 감동이 오는 말씀이나 단어 혹은 느낌을 간단히 적으시면 좋습니다.

- -

- -

> "또 어떤 이들은 조롱하여 이르되 그들이 새 술에 취하였다 하더라"(행2:13)

성령이 임하였을 때 사람들의 모습은 술에 취한 모습처럼 정신이 없어보였던 것 같습니다. 사람들이 그렇게 이해할 수밖에 없었던 것은 이전과는 전혀 다른 모습, 전혀 다른 담대함을 보았기 때문이었습니다.

먼저 제자들에게는 주님이 말씀하신 것처럼 "권능"이 임했습니다. 그것은 담대함이었습니다. 얼마든지 증인으로 살게 만드는 힘이었습니다.

알다시피 예수를 부인하고 저주하였던 겁쟁이 베드로가 나머지 사도들과 함께 예루살렘 거리에 서서 복음을 전하기 시작한 것입니다. 먼저 베드로는 제자들이 취한 것처럼 보이는 까닭을 설명하였습니다. 요엘 선지자의 말씀을 인용하였습니다.

"때가 제 삼 시니 너희 생각과 같이 이 사람들이 취한 것이 아니라... 하나님이 말씀하시기를 말세에 내가 내 영을 모든 육체에 부어 주리니 너희의 자녀들은 예언할 것이요 너희의 젊은이들은 환상을 보고 너희 늙은이들은 꿈을 꾸리라"(행2:15,17)

취한 것처럼 보이는 것을 요엘 예언의 성취로 설명한 것입니다. 다시 재해석한다면 이런 말이었습니다.

"내가 내 영을 모든 육체에 부어 주리니 너희의 겁쟁이들이 예언할 것이요 너희의 바보 같은 이들이 환상을 보고 너희가 포기한 자들이 꿈을 꾸리라."(하정완역/행2:15,17)

성령이 임할 때 벌어진 사건이었습니다. 그런 모습이 술에 취한 것처럼 이상하게 보인 것은 당연한 일이었습니다. 이처럼 하나님께서 성령으로 오실 때 이 같은 불, 열정, 비전이 임하는 것입니다. 다른 사람이 된 것입니다.

'술에 취했다는 표현처럼 성령은 우리에게 담대함, 열정, 새로운 힘을 줍니다. 이것을 가져보셨습니까?'

* Meditatio 묵상
오늘 말씀을 통하여 깨닫게 된 것을 짧게 적어보십시오.

- -

- -

성령의 역사로 말미암는 지혜

* Lexio 읽기 / 사도행전 2:22-36
가능하면 오늘의 본문을 먼저 읽는 것이 좋지만 바로 아래 글을 읽어도 좋습니다. 충분히 본문을 이해하도록 배려하며 글을 썼습니다. 혹시 본문을 읽으신 분은 감동이 오는 말씀이나 단어 혹은 느낌을 간단히 적으시면 좋습니다.

"누구든지 주의 이름을 부르는 자는 구원을 받으리라"(행2:21)

베드로의 설교는 상상할 수 없을 만큼 놀라운 것이었습니다. 베드로는 다윗의 시편 16편 말씀을 인용하며 다윗이 봤던 그 주가 바로 예수 그리스도라고 증언한 것입니다.

"다윗이 그를 가리켜 이르되 내가 항상 내 앞에 계신 주를 뵈었음
이여 나로 요동하지 않게 하기 위하여 그가 내 우편에 계시도다"
(행2:25/참조: 시16:8)

더 놀라운 것은 베드로가 예수 그리스도의 부활을 다윗이 알고 있었다고 다윗의 시편을 들어 증거한 것입니다.

"이는 내 영혼을 음부에 버리지 아니하시며 주의 거룩한 자로 썩
음을 당하지 않게 하실 것임이로다"(행2:27/참조: 시16:10)

엄청난 구약 이해였습니다. 제대로 신학공부를 한 적이 없었을 어부 출신 베드로가 이 기막힌 해석을 한 것입니다. 그 정도가 아니었습니다. 한 걸음 더 나아가 이렇게 외쳤습니다.

> "이 예수를 하나님이 살리신지라 우리가 다 이 일에 증인이로다"
>
> (행2:32)

뿐만 아니라 시편 110편을 인용해서 지금 하나님 우편에 앉아계신 예수 그리스도를 증거하며 하나님이 그 예수를 "주와 그리스도"가 되게 하셨다는 놀라운 비밀을 말한 것입니다.

> "이스라엘 온 집은 확실히 알지니 너희가 십자가에 못 박은 이 예
>
> 수를 하나님이 주와 그리스도가 되게 하셨느니라"(행2:36)

이 같은 인식은 단순히 베드로의 지혜로 할 수 없는 일이었습니다. 매우 분명한 성령의 역사였습니다. 그들이 거부할 수 없는 순간이었습니다.

'성령의 역사로 말미암는 지혜 역시 성령 충만할 때 벌어지는 은혜였다는 것을 알고 계십니까?'

* Meditatio 묵상
오늘 말씀을 통하여 깨닫게 된 것을 짧게 적어보십시오.

가장 아름다운 선포

* Lexio 읽기 / 사도행전 2:37-42

가능하면 오늘의 본문을 먼저 읽는 것이 좋지만 바로 아래 글을 읽어도 좋습니다. 충분히 본문을 이해하도록 배려하며 글을 썼습니다. 혹시 본문을 읽으신 분은 감동이 오는 말씀이나 단어 혹은 느낌을 간단히 적으시면 좋습니다.

- -

- -

> "이스라엘 온 집은 확실히 알지니 너희가 십자가에 못 박은 이 예
> 수를 하나님이 주와 그리스도가 되게 하셨느니라"(행2:36)

이 기막힌 베드로의 설교를 들었던 예루살렘 백성들은 설득되었습니다. 무식한 어부 베드로의 설교에 임한 권능이었습니다. 특히 "너희가 십자가에 못 박은 이 예수"라는 외침 속에서 불과 두 달도 채 되지 않았던 십자가 사건이 선명하게 떠오른 것입니다. 그 순간 심각해졌습니다. 메시야이신 예수를 죽였다는 것을 깨달았기 때문이었습니다. 그들의 마음에 강력한 찔림이 있었습니다. 이어진 것은 탄식이었습니다.

> "그들이 이 말을 듣고 마음에 찔려 베드로와 다른 사도들에게 물
> 어 이르되 형제들아 우리가 어찌할고"(행2:37)

이 근심스러운 탄식 앞에 감사하게도 베드로와 제자들은 답을 갖고 있었습니다. 답을 깨달은 자의 선포는 정말 아름다웠습니다. 역사상 가장 아름다운 선포, 영원히 반복되어질 것이지만 아무리 반복해도 신나

는 선포였습니다.

> "너희가 회개하여 각각 예수 그리스도의 이름으로 세례를 받고
> 죄 사함을 받으라 그리하면 성령의 선물을 받으리니"(행2:38)

너무나 간단했습니다. 베드로의 선포를 들은 그들은 망설일 이유가 없었습니다. 그들은 매우 분명히 자신의 죄를 인식하였기 때문이었습니다. 그래서 복음을 들은 자들이 회개의 세례를 받기 시작하였습니다. 즐거운 세례였습니다. 이때 세례는 죄가 용서되었다는 표식이었습니다. 그 수는 무려 삼천 명이나 되었습니다. 역사상 가장 강력한 전도 집회였습니다.

> "그 말을 받은 사람들은 세례를 받으매 이 날에 신도의 수가 삼천
> 이나 더하더라"(행2:41)

무식한 제자라고 해도 틀리지 않는 베드로의 설교 앞에 주님을 영접한 자들의 숫자였습니다.

'이 놀라운 사건을 접하면서 다시 가슴이 뛰는 이유는 우리가 그 예수를 믿고 있기 때문입니다. 그렇지 않습니까?'

* Meditatio 묵상
오늘 말씀을 통하여 깨닫게 된 것을 짧게 적어보십시오.

이것이 교회다

* Lexio 읽기 / 사도행전 2:43–47
가능하면 오늘의 본문을 먼저 읽는 것이 좋지만 바로 아래 글을 읽어도 좋습니다. 충분히 본
문을 이해하도록 배려하며 글을 썼습니다. 혹시 본문을 읽으신 분은 감동이 오는 말씀이나
단어 혹은 느낌을 간단히 적으시면 좋습니다.

"믿는 사람이 다 함께 있어… 날마다 마음을 같이하여 성전에 모
이기를 힘쓰고 집에서 떡을 떼며 기쁨과 순전한 마음으로 음식을
먹고"(행2:44,46)

이것이 초대교회였습니다. 이러한 모습은 지금까지 그들이 살아왔던
모습과는 전혀 다른 모습이었습니다. 그동안 그들은 자신을 위해 살았
습니다. 그런데 이제 그들은 이전에 살던 방법대로 살 수 없었습니다.
영원한 가치를 찾았기 때문이었습니다. 다른 삶을 살아야 했습니다. 그
것은 당연한 것이었습니다.

다른 가치를 깨달아 나타난 것은 세상을 초월하는 삶의 태도였습니
다. 그동안 누리고 가졌던 세상의 것들을 내려놓는 모습으로 나타난 것
입니다.

"모든 물건을 서로 통용하고 또 재산과 소유를 팔아 각 사람의 필
요를 따라 나눠 주며"(행2:44–45)

사랑이 일상적인 것이 된 것입니다. 세상은 그런 모습을 바라보면서 칭송하였습니다. 자신들은 그렇게 살지 못하기 때문이었습니다. 그리고 그런 공동체로 들어오기 시작하였습니다. 그런 사랑을 누리며 살고 싶었던 것입니다.

그것이 전도였습니다. 특별히 전도할 필요도 없었습니다. 사람들이 그들을 바라보면서 찾아왔기 때문입니다. 제자들을 변화시킨 주님을 만나고 싶었던 것입니다.

> "하나님을 찬미하며 또 온 백성에게 칭송을 받으니 주께서 구원
> 받는 사람을 날마다 더하게 하시니라"(행2:47)

어느 날부터인가 교회가 잃은 것은 초대교회의 모습입니다. 점점 더 회복되기 힘들지도 모릅니다. 이기적으로 되어가고, 세상의 마케팅 방법을 동원하여 교회를 운영하고… 그렇게 뺏고 빼앗는 모습을 보이고 있기 때문입니다. 그래도 현재의 모습을 부끄러워하고 초대교회의 모습을 꿈꾸며 추구하고 있다면 다행입니다. 그렇지 않습니까?

'우리 교회, 우리 공동체는 어떤 모습입니까? 쓸 만합니까?'

* Meditatio 묵상

오늘 말씀을 통하여 깨닫게 된 것을 짧게 적어보십시오.

....

....

제 2 부

무한 폭발

눈이 열리다

* Lexio 읽기 / 사도행전 3:1-10
가능하면 오늘의 본문을 먼저 읽는 것이 좋지만 바로 아래 글을 읽어도 좋습니다. 충분히 본문을 이해하도록 배려하며 글을 썼습니다. 혹시 본문을 읽으신 분은 감동이 오는 말씀이나 단어 혹은 느낌을 간단히 적으시면 좋습니다.

> "제 구 시 기도 시간에 베드로와 요한이 성전에 올라갈새 나면서
> 못 걷게 된 이를 사람들이 메고 오니"(행3:1-2)

이 본문이 어떤 암호처럼 보이지 않습니까? 제 구 시, 지금 시간으로 보면 오후 3시에 기도하러 성전으로 올라가다가 나면서부터 걷지 못하는 장애인을 만난 것입니다.

사실 미문은 베드로와 요한이 성전에 가기 위하여 늘 지나다니던 곳이었을 것입니다. 그동안 그들은 그곳을 지나면서 늘 거기에 앉아있는 그를 분명히 봤을 것입니다. 하지만 오늘 베드로는 그냥 지나쳤던 그 사람을 주의해서 본 것입니다. 일상적으로 구걸하고 있던 그 사람이 베드로의 눈에 들어온 것입니다. 그리고 자신들을 쳐다보는 그 사람을 일으킨 것입니다.

> "베드로가 이르되 은과 금은 내게 없거니와 내게 있는 이것을 네
> 게 주노니 나사렛 예수 그리스도의 이름으로 일어나 걸으라 하고

오른손을 잡아 일으키니"(행3:6-7)

기적이었습니다. 공교롭게도 예수님은 베데스다 못가에서 38년 된 환자를 고쳤지만 베드로는 나면서부터 "앉은뱅이 된 자"(개역한글/행 3:2)를 고쳤습니다. 분명히 이는 더욱 놀라운 능력이었습니다. 성령 충만 후 벌어진 사건이었습니다.

하지만 여기서 중요한 사실은 그 사람이 다시 걷게 되었다는 것보다 그 사람을 보게 되었다는 사실입니다. 일상적인 생활의 패턴이 바뀐 것입니다. 아무 것도 하지 않고 그냥 지나가던 그 세상이 갑자기 그들이 일하는 사역의 현장이 된 것입니다. 성령 임재 후 벌어진 변화였습니다.

요엘 선지자가 말한 환상, 꿈, 예언처럼 그들은 성령의 체험 후 보기 시작한 것 입니다. 다른 것들을 보고 소망하고 꿈꾸게 된 것입니다. 일상적인 삶들이 특별한 삶의 현장으로 전환된 것입니다.

'성령 임재 현상의 대표적인 것은 눈이 열리는 것입니다. 새로운 시각으로 세상을 바라보게 되는 것입니다. 나의 시각은 어떠합니까?'

* Meditatio 묵상
오늘 말씀을 통하여 깨닫게 된 것을 짧게 적어보십시오.

더 놀라운 것

* Lexio 읽기 / 사도행전 3:11-15
가능하면 오늘의 본문을 먼저 읽는 것이 좋지만 바로 아래 글을 읽어도 좋습니다. 충분히 본문을 이해하도록 배려하며 글을 썼습니다. 혹시 본문을 읽으신 분은 감동이 오는 말씀이나 단어 혹은 느낌을 간단히 적으시면 좋습니다.

"그가 본래 성전 미문에 앉아 구걸하던 사람인 줄 알고 그에게 일
어난 일로 인하여 심히 놀랍게 여기며 놀라니라"(행3:10)

놀라운 일이었습니다. 예루살렘에 거주하는 사람이라면 미문에 앉아서 구걸하던 그 사람을 다 알고 있었을 것입니다. 그래서 사람들은 놀라지 않을 수 없었습니다. 소문은 순식간에 예루살렘 성 곳곳으로 퍼져나갔습니다. 그 사람이 돌아다니면서 뛰고 찬송하는 모습은 일파만파로 퍼져나가기에 충분했습니다.

이 기막힌 기적을 확인한 순간부터 사람들의 관심은 나면서부터 걷지 못했던 그 사람이 아니라 베드로였습니다. 그 엄청난 사건을 일으킨 베드로와 요한에게 모든 시선이 집중되었습니다.

"그 사람이 베드로와 요한의 곁을 떠나지 않고 솔로몬행각이라는
곳에 있을 때 사람들은 모두 그의 소문을 듣고 놀라서 그리로 달
려 갔다."(공동번역/행3:11)

장애인을 고친 사건보다 사람들이 더 놀란 것이 바로 베드로였습니다. 사람들은 그가 어떤 존재였는지 알고 있었기 때문이었습니다. 그래서 더욱 궁금했던 것입니다. 몰려온 사람들에게 던진 베드로의 질문이 환상적이었습니다.

> "이스라엘 동포 여러분, 왜 이 사람을 보고 놀랍니까? 왜 우리를
> 유심히 쳐다봅니까? 우리 자신이 무슨 능력이 있거나 경건해서
> 이 사람을 걷게 하여 준 줄로 생각합니까?"(공동번역/행3:12)

베드로는 그 순간 고침 받은 사람보다, 그리고 자신보다 더 놀라운 것이 있다는 것을 말한 것입니다. 바로 예수 그리스도였습니다. 가장 놀라운 분이신 예수님을 믿는 믿음이 이 놀라운 사건을 일으킨 원인이었다고 증언한 것입니다. 이 말 속에는 누구든지 믿으면 이 놀라운 사건의 주인공이 될 수 있다는 메시지가 있었습니다.

'놀라운 분 예수를 믿는 순간 우리도 놀라운 사람이 됩니다. 알고 계셨습니까?'

* Meditatio 묵상
오늘 말씀을 통하여 깨닫게 된 것을 짧게 적어보십시오.

- -

- -

알고 계셨다

* Lexio 읽기 / 사도행전 3:16-19

가능하면 오늘의 본문을 먼저 읽는 것이 좋지만 바로 아래 글을 읽어도 좋습니다. 충분히 본문을 이해하도록 배려하며 글을 썼습니다. 혹시 본문을 읽으신 분은 감동이 오는 말씀이나 단어 혹은 느낌을 간단히 적으시면 좋습니다.

> "그 이름을 믿으므로 그 이름이 너희가 보고 아는 이 사람을 성하
> 게 하였나니 예수로 말미암아 난 믿음이 너희 모든 사람 앞에서
> 이같이 완전히 낫게 하였느니라"(행3:16)

"예수로 말미암아 난 믿음"으로 이 놀라운 일을 행하였다는 말을 하였지만 사람들은 두려웠을 것입니다. 왜냐하면 자신들이 얼마 전에 메시야 예수에게 어떤 일을 행했는지를 알고 있었기 때문입니다. 그런 까닭에 베드로의 말이 걱정되었을 것입니다.

> "너희가 거룩하고 의로운 이를 거부하고 도리어 살인한 사람을
> 놓아 주기를 구하여 생명의 주를 죽였도다"(행3:14-15)

가슴이 답답해지고 심한 두려움이 그들을 지배하였을 것입니다. 베드로는 자신 앞에 나온 사람들을 보면서 그것을 알았습니다. 그때 베드로가 매우 중요한 말을 하였습니다.

첫째는 "너희가 알지 못하여서 그리하였으며"(행3:17)란 말로 위로하였습니다. 이 말은 잘못 했을지라도 용서받을 수 있다는 뜻이었습니다. 이어지는 두 번째 말은 더욱 놀라웠습니다.

> "하나님이 모든 선지자의 입을 통하여 자기의 그리스도께서 고난
> 받으실 일을 미리 알게 하신 것을 이와 같이 이루셨느니라"(행3:18)

하나님께서는 모든 일을 알고 계셨다는 말이었습니다. 이 예정에 대한 해석을 설명하려면 많은 지면이 필요하지만, 핵심은 '알고 계셨다'는 말 속에 '이미 용서하셨다'는 하나님의 이해와 사랑이 들어있다는 사실입니다. 그래서 베드로가 말한 것입니다. 이제 남은 것은 그동안의 잘못을 회개하고 예수를 믿는 것뿐이었습니다. 정말 쉬운 일이었습니다.

> "그러므로 너희가 회개하고 돌이켜 너희 죄 없이 함을 받으라 이
> 같이 하면 새롭게 되는 날이 주 앞으로부터 이를 것이요"(행3:19)

'참 쉬운 일입니다. 믿으면 되니까 말입니다. 당신은 진심으로 예수를 주로 믿으십니까?'

* Meditatio 묵상
오늘 말씀을 통하여 깨닫게 된 것을 짧게 적어보십시오.

무한 폭발

* Lexio 읽기 / 사도행전 3:20-26

가능하면 오늘의 본문을 먼저 읽는 것이 좋지만 바로 아래 글을 읽어도 좋습니다. 충분히 본문을 이해하도록 배려하며 글을 썼습니다. 혹시 본문을 읽으신 분은 감동이 오는 말씀이나 단어 혹은 느낌을 간단히 적으시면 좋습니다.

> "또 주께서 너희를 위하여 예정하신 그리스도 곧 예수를 보내시
> 리니 하나님이 영원 전부터 거룩한 선지자들의 입을 통하여 말씀
> 하신 바 만물을 회복하실 때까지는 하늘이 마땅히 그를 받아 두
> 리라"(행3:20-21)

베드로의 지식과 통찰력은 끝이 없었습니다. 성령 체험 후 그의 지식은 폭발하였습니다. 이미 그의 시각은 종말을 포함한 전 역사를 아우르는 것이었습니다. 베드로가 증거하는 것의 종착역은 "너희를 위하여 예정하신 그리스도", 곧 메시야가 되시는 예수였습니다.

베드로는 이어서 유대인들에게 축복의 말씀이지만 지키지 않으면 두려움이 되는 모세 오경, 특히 신명기 말씀을 인용하였습니다. 역시 유대인들이 하찮게 여기는 예수 그리스도에 대한 예언이었습니다.

> "모세가 말하되 주 하나님이 너희를 위하여 너희 형제 가운데서
> 나 같은 선지자 하나를 세울 것이니 너희가 무엇이든지 그의 모

든 말을 들을 것이라 누구든지 그 선지자의 말을 듣지 아니하는
자는 백성 중에서 멸망 받으리라"(행3:22–23/참조: 신18:18–19)

그것만이 아니었습니다. 그들의 조상으로 여기는 아버지 아브라함
이 받은 하나님의 말씀이 가리키는 것도 예수 그리스도라고 말하였습
니다.

"아브라함에게 이르시기를 땅 위의 모든 족속이 너의 씨로 말미
암아 복을 받으리라 하셨으니 하나님이 그 종을 세워 복 주시려
고 너희에게 먼저 보내사 너희로 하여금 돌이켜 각각 그 악함을
버리게 하셨느니라"(행3:25–26/참조: 창12:3)

베드로의 말 속에는 단순히 '예수가 메시야이시다'라는 선포만 들어
있는 것이 아니라 그동안 유대인들이 선민사상에 빠져서 오랫동안 반
복하여 잊어버렸던 사명에 대한 이야기가 함께 있었습니다. "땅 위의
모든 족속이 너의 씨로 말미암아 복을 받으리라!" 놀라운 역사 인식이
었습니다. 도무지 이해할 수 없을 만큼 깊은 베드로의 모습이었습니다.

'베드로는 '무한 폭발'하였지만 유대인들은 '무한 협소'해져가는 느낌
을 지울 수 없습니다. 당신은 어떻습니까? 예수를 알아가면서 벌어지
는 것은 베드로 같은 모습입니까?'

* Meditatio 묵상
오늘 말씀을 통하여 깨닫게 된 것을 짧게 적어보십시오.

45

나사렛 예수 그리스도의 이름으로

* Lexio 읽기 / 사도행전 4:1–12

가능하면 오늘의 본문을 먼저 읽는 것이 좋지만 바로 아래 글을 읽어도 좋습니다. 충분히 본문을 이해하도록 배려하며 글을 썼습니다. 혹시 본문을 읽으신 분은 감동이 오는 말씀이나 단어 혹은 느낌을 간단히 적으시면 좋습니다.

- -

- -

"아브라함에게 이르시기를 땅 위의 모든 족속이 너의 씨로 말미
암아 복을 받으리라 하셨으니 하나님이 그 종을 세워 복 주시려
고 너희에게 먼저 보내사 너희로 하여금 돌이켜 각각 그 악함을
버리게 하셨느니라"(행3:25–26)

상상할 수 없는 지식으로 구약과 역사를 관통하여 해석하는 베드로를 바라보면서 예루살렘의 지도자들은 두려움을 느낀 것으로 보입니다. 더욱이 나면서부터 일어설 수 없었던 하반신 장애를 가진 이를 고친 사건을 보면서 베드로가 있던 솔로몬 행각으로 몰려들었던 사람들이 상당수가 예수를 믿었기 때문에 더욱 그럴 수밖에 없었을 것입니다. 그들이 베드로의 솔로몬 행각 설교를 들으면서 설득 당했기 때문입니다. 무려 남자의 수만 5,000명이나 되었습니다.

"말씀을 들은 사람 중에 믿는 자가 많으니 남자의 수가 약 오천이
나 되었더라"(행4:4)

만일 이런 상황이 계속 된다면 예루살렘 전체가 예수를 믿을지 모른

다는 염려를 했을지도 모릅니다. 믿는 사람의 숫자만이 아니라 그 설득력이 대단했기 때문입니다. 제사장들과 사두개인들은 복음을 전하는 제자들과 크리스천들을 가만둘 수 없었습니다. 그래서 잡아들인 것입니다. 어쨌든 멈추게 해야 했기 때문입니다.

드디어 공회의 심문이 시작되었습니다. 대제사장이 포함된 배심원들이 던진 질문은 권한에 대한 물음이었습니다.

> "사도들을 가운데 세우고 묻되 너희가 무슨 권세와 누구의 이름
> 으로 이 일을 행하였느냐"(행4:7)

제자들은 이 같은 질문 앞에 빙빙 돌려 답하지 않았습니다. 그들은 매우 직접적으로 예수 그리스도를 증언하였습니다.

> "너희와 모든 이스라엘 백성들은 알라 너희가 십자가에 못 박고
> 하나님이 죽은 자 가운데서 살리신 나사렛 예수 그리스도의 이름
> 으로 이 사람이 건강하게 되어 너희 앞에 섰느니라"(행4:10)

상상할 수 없는 일이었습니다.

'이 놀라운 담대함은 어디에서 온 것인지 다시 한 번 생각해 보십시오.'

* Meditatio 묵상
오늘 말씀을 통하여 깨닫게 된 것을 짧게 적어보십시오.

준비된 설득력

* Lexio 읽기 / 사도행전 4:13-22

가능하면 오늘의 본문을 먼저 읽는 것이 좋지만 바로 아래 글을 읽어도 좋습니다. 충분히 본문을 이해하도록 배려하며 글을 썼습니다. 혹시 본문을 읽으신 분은 감동이 오는 말씀이나 단어 혹은 느낌을 간단히 적으시면 좋습니다.

> "다른 이로써는 구원을 받을 수 없나니 천하 사람 중에 구원을 받
>
> 을 만한 다른 이름을 우리에게 주신 일이 없음이라"(행4:12)

엄청나게 도발적인 메시지였습니다. 더욱이 유약하고 무식해 보였던 베드로와 제자들의 모습은 매우 놀라워 보였습니다. 뿐만 아니라 그들이 아무 말도 할 수 없었던 결정적인 이유는 너무나 잘 알고 있는 미문의 앉은뱅이(개역한글)가 나았기 때문이었습니다.

다른 방법이 없었습니다. 그들이 논의한 결과 놓아줄 수밖에 없었습니다. 고작 그들이 결정한 것은 경고하는 정도였습니다.

> "그들을 불러 경고하여 도무지 예수의 이름으로 말하지도 말고
>
> 가르치지도 말라"(행4:18)

그러나 이 같은 경고는 공허한 것이었습니다. 제자들 역시 들을 마음이 없었습니다. 오히려 역으로 엄포를 놓았습니다.

"베드로와 요한이 대답하여 이르되 하나님 앞에서 너희의 말을
듣는 것이 하나님의 말씀을 듣는 것보다 옳은가 판단하라 우리는
보고 들은 것을 말하지 아니할 수 없다"(행4:19~20)

이 같은 제자들의 반응 앞에서도 그들은 다른 선택을 할 수 없었습
니다. 더욱이 미문의 앉은뱅이를 고친 사건과 담대한 복음 선포의 설득
앞에 예루살렘 백성은 하나님의 역사라고 인정하기 시작했기 때문입니
다. 그래서 제자들에게 어떤 징계도 가할 수가 없었던 것입니다.

"관리들이 백성들 때문에 그들을 어떻게 처벌할지 방법을 찾지
못하고 다시 위협하여 놓아 주었으니 이는 모든 사람이 그 된 일
을 보고 하나님께 영광을 돌림이라"(행4:21)

물론 예루살렘의 지도자들이 포기한 것은 아닙니다. 반격할 준비와
명분을 찾는 시간을 갖기 위함이었습니다. 그것이 풀어준 또 다른 이유
였습니다.

'우리는 여기서 복음 전도의 어떤 방법을 보게 됩니다. 잘 준비된 지
식, 설득력, 그리고 경험. 그런 점에서 볼 때 나는 준비되어 있습니까?'

* Meditatio 묵상
오늘 말씀을 통하여 깨닫게 된 것을 짧게 적어보십시오.

성령 충만이 다시 일어나다

* Lexio 읽기 / 사도행전 4:23-31

가능하면 오늘의 본문을 먼저 읽는 것이 좋지만 바로 아래 글을 읽어도 좋습니다. 충분히 본문을 이해하도록 배려하며 글을 썼습니다. 혹시 본문을 읽으신 분은 감동이 오는 말씀이나 단어 혹은 느낌을 간단히 적으시면 좋습니다.

"이 표적으로 병 나은 사람은 사십여 세나 되었더라"(행4:22)

나면서부터 앉은뱅이였던 사람의 나이가 사십여 세가 되었다는 것은 그만큼 오랫동안 그 곳에서 구걸하며 있었다는 뜻이고, 그만큼 그가 나은 사실이 충격적으로 비춰졌다는 뜻이기도 합니다. 산헤드린 공회가 제자들을 풀어준 결정적인 이유였습니다.

또 한 가지 빨리 풀어준 이유는 아직까지 산헤드린 공회나 예루살렘의 지도자들이 심각성을 그렇게 극단적으로 느끼지 않고 있다는 반증이기도 했습니다.

하지만 제자들은 이 같은 상황에 매우 고무되었습니다. 그들이 풀려난 것 때문만이 아니라 그들 자신들의 담대한 모습이 너무 자랑스러웠기 때문이었습니다. 물론 제자들은 이 모든 일들이 자신들의 능력에서 나오지 않았다는 것도 알고 있었습니다. 교만하지 않았습니다. 그것이 그들의 힘이었습니다.

"주여 이제도 그들의 위협함을 굽어보시옵고 또 종들로 하여금
담대히 하나님의 말씀을 전하게 하여 주시오며 손을 내밀어 병을
낫게 하시옵고 표적과 기사가 거룩한 종 예수의 이름으로 이루어
지게 하옵소서"(행4:29-30)

이 같은 제자들의 기도는 즉각 응답받았습니다. 거기 있는 모든 "무
리가 다 성령이 충만하여"(행4:31)졌다는 기록이 그것을 증명합니다.
그리고 그 결과로 나타난 것이 담대하게 하나님의 말씀을 전하는 것이
었습니다.

"빌기를 다하매 모인 곳이 진동하더니 무리가 다 성령이 충만하
여 담대히 하나님의 말씀을 전하니라"(행4:31)

매우 재미있는 기록입니다. 성령 충만이 다시 일어났기 때문입니다.
이 기록을 통해 알 수 있는 것은 성령 충만 사건은 일회적인 것이 아니
라 계속되는 역사임을 알 수 있습니다. '계속 채워져야 한다!' 단 한순간
도 인간 자신의 힘으로 살아서는 안 된다는 뜻이기도 했습니다.

'성령 체험을 하셨을지라도 계속 성령 충만의 경험은 계속되어야 합
니다. 잊지 마십시오.'

* Meditatio 묵상
오늘 말씀을 통하여 깨닫게 된 것을 짧게 적어보십시오.

51

기독교 신앙의 비밀

* Lexio 읽기 / 사도행전 4:32-37

가능하면 오늘의 본문을 먼저 읽는 것이 좋지만 바로 아래 글을 읽어도 좋습니다. 충분히 본문을 이해하도록 배려하며 글을 썼습니다. 혹시 본문을 읽으신 분은 감동이 오는 말씀이나 단어 혹은 느낌을 간단히 적으시면 좋습니다.

> "믿는 무리가 한마음과 한 뜻이 되어 모든 물건을 서로 통용하고 자기 재물을 조금이라도 자기 것이라 하는 이가 하나도 없더라"(행4:32)

'재물을 조금이라도 자기 것이라 하는 이가 하나도 없다!' 이해할 수 없을 만큼 놀라운 기적입니다. 알다시피 인간의 존재감은 소유에서 나옵니다. 그렇기에 '자기 것이라 하는 이가 없다'는 말은 이해하기가 어려운 현상입니다. 이는 무엇을 의미하는 것입니까? 우선 알아야 할 것은 여기에서 말하는 "재물"이 곧 이 세상 물질적인 것이라는 점입니다. 그런데 거기에 묶이지 않고 다 내려놓았다는 말은 다른 것으로 채워졌다는 뜻이 됩니다. 그런 관점에서 볼 때 이어지는 본문에서 그 비밀을 찾을 수 있습니다.

> "사도들이 큰 권능으로 주 예수의 부활을 증언하니 무리가 큰 은혜를 받아 그 중에 가난한 사람이 없으니 이는 밭과 집 있는 자는 팔아... 각 사람의 필요를 따라 나누어 줌이라"(행4:33-35)

주목해야 할 표현이 "가난한 사람이 없으니"라는 말입니다. 이 말은 은혜로 모든 이가 부자가 되었다는 뜻이 아니라 NIV성경의 번역처럼 "no needy persons", 곧 '부족한 사람'이 없다는 뜻입니다. 하나님으로 완벽하게 채워졌기 때문입니다. 신비한 기독교 신앙의 비밀입니다.

우리에게도 얼마든지 이 같은 기적이 일어날 수 있다는 점을 기억해야 합니다. 즉 하나님의 무한하심과 풍족하심에 대한 것입니다. 그 분을 아는 것이 모든 만족의 근원이고, 오로지 그 분만으로 우리는 완전한 만족과 쾌락을 느낄 수 있다는 뜻입니다.

하지만 오늘날 우리의 신앙은 주님으로 만족한다고 이야기하면서 물질적인 만족과 성공에 초점을 두고 있는 것이 사실입니다. 그것은 아직 하나님의 신비, 신앙의 기적과 비밀을 모르기 때문입니다. 그래서 물질을 추구하는 신앙으로 흐르는 것입니다. 아쉽게도 말입니다.

'주님 한 분만으로 정말 만족하십니까?'

* Meditatio 묵상
오늘 말씀을 통하여 깨닫게 된 것을 짧게 적어보십시오.

마음이 문제이다

* Lexio 읽기 / 사도행전 5:1-11
가능하면 오늘의 본문을 먼저 읽는 것이 좋지만 바로 아래 글을 읽어도 좋습니다. 충분히 본
문을 이해하도록 배려하며 글을 썼습니다. 혹시 본문을 읽으신 분은 감동이 오는 말씀이나
단어 혹은 느낌을 간단히 적으시면 좋습니다.

- -

- -

> "믿는 무리가 한마음과 한 뜻이 되어 모든 물건을 서로 통용하
> 고 자기 재물을 조금이라도 자기 것이라 하는 이가 하나도 없더
> 라"(행4:32)

'자기 것이라 하는 이가 하나도 없다!' 초대교회 교인들은 주님으로
완전한 만족을 누리고 있었습니다. 그래서 어떤 이들은 밭이나 집을 팔
아 교회에 헌금하는 이들도 있었습니다. 그렇게 한 사람으로 구브로 사
람 바나바를 소개하고 있습니다. 뒤에 등장하지만 바로 이 사람이 바울
의 멘토이자 동역자로 매우 중요한 역할을 한 사람입니다.

아나니아와 삽비라 부부도 자신들의 소유를 팔아 바나바처럼 헌금하
였습니다. 대단한 일이었습니다. 그런데 이상한 일이 벌어졌습니다. 아
나니아와 삽비라 부부가 죽음에 이른 것입니다. 기막힌 일에 대하여 성
경은 이렇게 설명하고 있습니다.

> "베드로가 이르되 아나니아야 어찌하여 사탄이 네 마음에 가득하

여 네가 성령을 속이고 땅 값 얼마를 감추었느냐 땅이 그대로 있
을 때에는 네 땅이 아니며 판 후에도 네 마음대로 할 수가 없더냐
어찌하여 이 일을 네 마음에 두었느냐 사람에게 거짓말한 것이
아니요 하나님께로다"(행5:3-4)

어떤 이들은 이해하기 힘들 수 있습니다. 왜냐하면 소유를 팔아 헌금
했다면 상당한 액수였을 것이기 때문입니다.

우리는 여기서 매우 중요한 사실을 한 가지 알게 됩니다. 하나님은
우리의 물질로 인하여 기뻐하고 감격하시는 분이 아니라는 점입니다.
하나님은 물질적인 분이 아니시기 때문입니다. 그럼에도 불구하고 물
질이 중요한 이유는 물질에 우리의 마음이 담겨있기 때문이고, 그 물질
이 사람을 살리는 일을 하기 때문입니다. 이런 까닭에 비록 물질을 드
렸을지라도 우리의 마음이 없다면 혹은 그 물질을 드림으로 하나님을
조종하려 한다면 그것은 중요한 죄가 되는 것입니다. 아나니아와 삽비
라는 바로 그 지점에서 죄를 범한 것입니다.

'마음이 중요합니다. 그런 점에서 나의 마음은 무엇에 초점되어 있습
니까?'

* Meditatio 묵상
오늘 말씀을 통하여 깨닫게 된 것을 짧게 적어보십시오.

막을 수 없는 복음의 폭발

* Lexio 읽기 / 사도행전 5:12-16

가능하면 오늘의 본문을 먼저 읽는 것이 좋지만 바로 아래 글을 읽어도 좋습니다. 충분히 본
문을 이해하도록 배려하며 글을 썼습니다. 혹시 본문을 읽으신 분은 감동이 오는 말씀이나
단어 혹은 느낌을 간단히 적으시면 좋습니다.

> "사도들의 손을 통하여 민간에 표적과 기사가 많이 일어나매 믿
> 는 사람이 다 마음을 같이하여 솔로몬 행각에 모이고"(행5:12)

미문의 앉은뱅이를 일으킨 사건 이후 솔로몬 행각은 제자들이 복음
을 전하는 장소가 되었습니다. 수많은 사람들이 그곳에서 복음을 들었
고 예수를 믿기 시작하였습니다.

처음에는 120명(행1:15)이 모여서 성령을 기대하며 기도하던 숫자가
오순절 이후에는 예루살렘 거리에서 복음을 듣고 삼천 명(행2:41)이 회
개하면서 인원이 증가하였습니다. 아름다운 예루살렘 교회에 주님은
"구원 받는 사람을 날마다 더하게"(행2:47)하셨고 미문 사건 때는 남자
만 오천 명(행4:4)이 예수를 영접하게 하셨습니다. 교인 수가 점점 많아
진 것입니다.

> "믿고 주께로 나아오는 자가 더 많으니 남녀의 큰 무리더라"
>
> (행5:14)

심지어 복음은 유대인의 중심이라 볼 수 있는 제사장들에게도 전해졌고, 그들 중의 상당수가 복음을 받아들였습니다. 놀라운 부흥이었습니다.

> "하나님의 말씀이 점점 왕성하여 예루살렘에 있는 제자의 수가 더 심히 많아지고 허다한 제사장의 무리도 이 도에 복종하니라"
>
> (행6:7)

더 이상 예루살렘이 이들을 감당할 수 없었습니다. 그래서 복음이 예루살렘을 넘어 유대 땅을 지났고 사마리아로 확장(행8장) 되었습니다. 사도행전은 그 복음이 이방지역인 안디옥으로 확장된 모습(행11장)과 소아시아 지역을 넘어 땅 끝(당시는 서바나, 지금의 스페인)까지 복음을 증거하고 싶어 로마로 가는 바울 이야기로 마무리합니다.

막을 수 없는 복음의 폭발이었습니다. 그럴 수밖에 없었습니다. 하나님의 성령이 함께하심으로 벌어진 현상이었습니다. 지금 그들이 만난 고통과 아픔과 고민과 문제가 해결되었기 때문이었습니다. 복음의 폭발은 이렇게 진행된 것입니다.

'복음의 폭발과 교회의 성장은 함께 하였습니다. 그렇다면 복음의 진보가 더딘 이유는 어디에 있는 것입니까?'

* Meditatio 묵상
오늘 말씀을 통하여 깨닫게 된 것을 짧게 적어보십시오

- -

- -

우리와 우리 자손에게 돌리라

* Lexio 읽기 / 사도행전 5:17-32

가능하면 오늘의 본문을 먼저 읽는 것이 좋지만 바로 아래 글을 읽어도 좋습니다. 충분히 본문을 이해하도록 배려하며 글을 썼습니다. 혹시 본문을 읽으신 분은 감동이 오는 말씀이나 단어 혹은 느낌을 간단히 적으시면 좋습니다.

> "믿고 주께로 나아오는 자가 더 많으니 남녀의 큰 무리더라"
>
> (행5:14)

복음이 상상할 수 없을 정도의 속도로 퍼져나가기 시작하자 특히 대제사장과 사두개인 등의 지도자들은 위기를 느낄 수밖에 없었습니다. 급기야 그들은 제자들을 불법 연행하여 감옥에 가두는 일을 자행하였습니다. 하지만 이것 역시 소용이 없었습니다. "주의 사자"(행5:19)가 감옥에 갇힌 제자들을 풀어내고 복음을 전하게 하였기 때문입니다.

이렇게 기막힌 일들이 벌어졌지만 대제사장을 비롯한 종교지도자들은 이상하게만 여길 뿐 멈출 것을 생각하지 않았습니다. 하지만 이 전쟁은 무조건 교회와 사도들이 이길 수밖에 없었습니다. 성령께서 함께 하시는 일이었기 때문입니다.

더욱이 다시 사도들을 끌어내어 심문하고 엄포를 넣는 등의 가능한 모든 수단으로 압박하였지만 아무 소용도 없었습니다. 이미 제자들은 세상의 질서를 넘어선 자들이었기 때문입니다.

그렇다면 왜 대제사장들과 종교지도자들은 이처럼 분명한 역사들이 있음에도 불구하고 예수를 인정하고 받아들이지 않은 것입니까? 참 이해하기 힘든 일입니다. 하지만 대제사장들을 포함한 그들의 말을 들어보면 알 수 있습니다.

> "우리가 이 이름으로 사람을 가르치지 말라고 엄금하였으되 너희
> 가 너희 가르침을 예루살렘에 가득하게 하니 이 사람의 피를 우
> 리에게로 돌리고자 함이로다"(행5:28)

대제사장을 비롯해서 예수를 죽인 자들은 다시 예수가 살아난 사건을 바라보며 두려웠던 것입니다. 그들은 사람들을 선동하여 빌라도 앞에 섰을 때 빌라도는 손을 씻으며 예수의 피에 대하여 무죄하다고(마27:24) 했으나 그들이 예수의 피의 대가를 자신들에게 넘기라고 했었기 때문입니다. 그것을 잊지 않고 있었던 것입니다. 그렇다면 회개하면 되는 일이었는데, 그들은 자신들의 잘못을 인정하고 싶지 않았던 것입니다.

> "백성이 다 대답하여 이르되 그 피를 우리와 우리 자손에게 돌릴
> 지어다"(마27:25)

'이 같은 대제사장을 비롯한 무리의 반응이 이해되십니까?'

* Meditatio 묵상
오늘 말씀을 통하여 깨닫게 된 것을 짧게 적어보십시오.

요주의 인물

* Lexio 읽기 / 사도행전 5:33-42
가능하면 오늘의 본문을 먼저 읽는 것이 좋지만 바로 아래 글을 읽어도 좋습니다. 충분히 본
문을 이해하도록 배려하며 글을 썼습니다. 혹시 본문을 읽으신 분은 감동이 오는 말씀이나
단어 혹은 느낌을 간단히 적으시면 좋습니다.

"우리가 이 이름으로 사람을 가르치지 말라고 엄금하였으되 너희
가 너희 가르침을 예루살렘에 가득하게 하니 이 사람의 피를 우
리에게로 돌리고자 함이로다"(행5:28)

예루살렘의 대제사장과 종교지도자들은 사도들의 칼날이 자신들을
겨누고 있다고 생각하였습니다. 그래서 더욱 강력하게 제자들을 죽이
려고 시도하였습니다.

"그들이 듣고 크게 노하여 사도들을 없이하고자 할새"(행5:33)

이때 백성들로부터 존경받는 인물이었던 가말리엘이 매우 기막힌 논
법으로 이 같은 움직임에 제동을 걸었습니다. 그는 먼저 이전에 있었던
운동들, 400명 정도가 따랐던 드다 혹은 갈릴리의 유다 등 우려할만한
반란들의 역사를 예로 들었습니다. 이는 결국 흩어져 끝이 났던 사건이
었음을 환기시켰습니다. 그 이유를 하나님에게서 나온 것이 아니었기
때문이라고 설명하였습니다. 그래서 지금 이 움직임도 그런 관점에서
보자고 설득한 것입니다.

> "이제 내가 너희에게 말하노니 이 사람들을 상관하지 말고 버려
> 두라 이 사상과 이 소행이 사람으로부터 났으면 무너질 것이요
> 만일 하나님께로부터 났으면 너희가 그들을 무너뜨릴 수 없겠고
> 도리어 하나님을 대적하는 자가 될까 하노라"(행5:38-39)

이 같은 설득은 매우 효과적이었습니다. 그래서 그들은 가말리엘의 말을 옳게 여겨 채찍질만 한 후에 방면하였습니다. 그런데 이상한 것은 사도들의 태도였습니다. 그들이 주를 위해 매를 맞고 고난당하는 것을 기뻐한 것입니다.

> "사도들은 그 이름을 위하여 능욕 받는 일에 합당한 자로 여기심
> 을 기뻐하면서 공회 앞을 떠나니라"(행5:41)

제자들은 자신들에게 채찍질하는 그들을 바라보면서 주를 위해 고통당할 수 있는 수준에 오른 자신들의 모습을 흡족하게 여겼습니다. 이제야 비로소 주님의 제자로 제대로 인정받고 있다고 느낀 것입니다. 그래서 행복했던 것입니다. 아무도 거들떠보지 않는 하찮은 존재가 아니라 요주의 인물로 분류된 것이 자랑스러웠던 것입니다.

'당신은 요주의 인물입니까? 아니면 그저 그런 인물입니까? 당신은 어떻게 자신을 평가하십니까?'

* Meditatio 묵상
오늘 말씀을 통하여 깨닫게 된 것을 짧게 적어보십시오.

제 3 부

하나님의 간절함

기본으로 돌아가야 할 때

* Lexio 읽기 / 사도행전 6:1-7
가능하면 오늘의 본문을 먼저 읽는 것이 좋지만 바로 아래 글을 읽어도 좋습니다. 충분히 본
문을 이해하도록 배려하며 글을 썼습니다. 혹시 본문을 읽으신 분은 감동이 오는 말씀이나
단어 혹은 느낌을 간단히 적으시면 좋습니다.

"그 때에 제자가 더 많아졌는데 헬라파 유대인들이 자기의 과부

들이 매일의 구제에 빠지므로 히브리파 사람을 원망하니"(행6:1)

예루살렘 초대교회의 구성은 초창기부터 디아스포라인 헬라파 유대
인과 히브리파 유대인이 함께 공존하고 있었습니다. 대체적으로 히브
리파 유대 기독교인들은 성전 혹은 율법, 그리고 할례에 대하여 묵인하
는 입장을 가지고 있었습니다. 반면에 헬라파 유대 기독교인들은 율법
과 성전 예식에 대하여 반대적인 입장을 견지하였습니다. 이런 입장 차
이가 갈등을 유발시켰습니다. 그 갈등은 구제 문제에서 폭발하였습니
다. 헬라파 유대인들이 차별대우 받고 있다고 생각한 것입니다.

절대 그런 일은 없었겠지만 굳이 나눈다면 히브리파 유대 기독교인
으로 분류되었을 열두 사도들 역시 원망의 대상이 되었을 것입니다. 그
때까지도 구제 사역에 직접적으로 참여하고 있었기 때문입니다. 갑자
기 복음 사역이 내부적인 문제로 좌초될 위기에 직면한 것입니다.

이와 같은 갈등을 해소하기 위하여 사도들은 집사 일곱을 세웠습니다. 여기서 우리가 주의할 것은 일곱 집사의 이름을 볼 때 모두 헬라파 유대인일 수 있다는 주장입니다(F. F. 브루스, 신약사, 기독교문서선교회, 258). 이러한 브루스 박사의 주장대로 일곱 명 모두 헬라파 유대인이 아니라 할지라도 헬라파 유대인들이 많았다는 것은 충분히 짐작할 수 있을 것입니다.

그 후 열두 사도들은 다시 기본으로 돌아가기로 결정하였습니다. 교회의 부흥은 계속 이어졌습니다. 참 중요한 순서인 것 같습니다.

> "우리가 이 일을 그들에게 맡기고 우리는 오로지 기도하는 일과 말씀 사역에 힘쓰리라… 하나님의 말씀이 점점 왕성하여 예루살렘에 있는 제자의 수가 더 심히 많아지고 허다한 제사장의 무리도 이 도에 복종하니라"(행6:3-4,7)

어려움은 중요한 기회가 될 수 있습니다. 새롭게 변화할 것을 말하는 신호일 수 있기 때문입니다. 그리고 변화를 시도하는 것, 그것은 성숙의 표시였습니다. 그렇게 초대교회는 아름다운 교회였습니다.

'고난과 어려움을 당할 때 어떻게 행동하십니까? 그때가 기본으로 돌아가야 할 때임을 알고 계십니까?'

* Meditatio 묵상
오늘 말씀을 통하여 깨닫게 된 것을 짧게 적어보십시오

그가 사도이다

* Lexio 읽기 / 사도행전 6:8-15

가능하면 오늘의 본문을 먼저 읽는 것이 좋지만 바로 아래 글을 읽어도 좋습니다. 충분히 본
문을 이해하도록 배려하며 글을 썼습니다. 혹시 본문을 읽으신 분은 감동이 오는 말씀이나
단어 혹은 느낌을 간단히 적으시면 좋습니다.

> "형제들아 너희 가운데서 성령과 지혜가 충만하여 칭찬 받는 사
> 람 일곱을 택하라 우리가 이 일을 그들에게 맡기고 우리는 오로
> 지 기도하는 일과 말씀 사역에 힘쓰리라"(행6:3-4)

구제의 문제를 놓고 약간 어수선했던 교회를 바라보며 사도들이 택
한 것은 기본으로 돌아가는 것이었습니다. 그리고 그들이 하던 구제 사
역은 일곱 집사를 세워 그들에게 맡겼습니다. 이것이 사도들의 계획이
었습니다.

그런데 놀라운 것은 집사들에게도 사도들과 마찬가지의 기적과 역사
가 일어난 것입니다. 그 중 대표적인 집사 중의 한 사람인 스데반의 사
역은 사도들의 사역과 전혀 다르지 않았습니다. "큰 기사와 표적"(행
6:8)을 행하고 회당에서 사람들과 논쟁하며 복음을 전하는 일을 하였
습니다. 매우 탁월했습니다. 이유는 성령이 역사했기 때문이었습니다.

> "회당에서 어떤 자들이 일어나 스데반과 더불어 논쟁할새 스데반

이 지혜와 성령으로 말함을 그들이 능히 당하지 못하여"(행6:9-10)

사도들은 제한된 역할을 생각하면서 집사들을 세웠지만 하나님은 그들을 또 다른 의미의 사도로 쓰셨습니다. 복음과 가르침은 사도들의 전유물이 아니었던 것입니다.

졸지에 산헤드린 공회를 비롯한 유대지도자들은 사도들 뿐 아니라 평신도들의 사역에도 대처해야만 하는 상황을 만났습니다. 스데반의 경우 하나님의 말씀으로 무장되자 그 옛날 하나님을 만난 모세에게 있었던 광채가 스데반 집사에게도 보이는 역사가 일어났기 때문입니다.

"공회 중에 앉은 사람들이 다 스데반을 주목하여 보니 그 얼굴이 천사의 얼굴과 같더라"(행6:15)

어떤 의미에서는 열두 제자들을 넘어서는 모습이었습니다. 그것은 하나님의 의지였습니다. 모두를 제자로 삼으려는 하나님의 마음이었습니다.

'복음은 누구를 통해서든 흘러갑니다. 그가 사도입니다. 아시겠습니까?'

* Meditatio 묵상
오늘 말씀을 통하여 깨닫게 된 것을 짧게 적어보십시오.

- -

- -

스데반의 인식

* Lexio 읽기 / 사도행전 7:1-43

가능하면 오늘의 본문을 먼저 읽는 것이 좋지만 바로 아래 글을 읽어도 좋습니다. 충분히 본
문을 이해하도록 배려하며 글을 썼습니다. 혹시 본문을 읽으신 분은 감동이 오는 말씀이나
단어 혹은 느낌을 간단히 적으시면 좋습니다.

"그의 말에 이 나사렛 예수가 이 곳을 헐고 또 모세가 우리에게
전하여 준 규례를 고치겠다 함을 우리가 들었노라"(행6:14)

스데반이 전한 것은 성전과 율법에 관한 것이었습니다. 당연히 그 내
용은 예수 그리스도에 이르러 성취된 것에 대한 이야기였습니다. 하지
만 꼬투리를 잡던 무리들은 성전과 율법을 모독하고 있다는 죄명으로
스데반을 고발하였습니다. 그래서 스데반은 대제사장을 비롯한 공회원
들 앞에서 변론을 해야 했습니다.

그 때 스데반은 조상 아브라함이 갈대아 땅을 떠날 때부터의 역사
를 일목요연하게 말하기 시작하였습니다. 아브라함, 이삭, 야곱, 그리
고 출애굽의 역사와 모세, 40년 광야 생활과 가나안 정복까지의 이야
기를 풀었습니다. 긴 이야기를 하는 동안 어느 누구도 제재하지 않았
던 것을 보면 스데반의 이야기는 매우 감동적인 역사 기술이었음을 알
수 있습니다.

그리고 난 후 갑자기 스데반이 기막힌 이야기를 하였습니다. 어쩌면 아무도 생각하지 못한 이야기였습니다. 이는 역사를 꿰뚫는 발언이었습니다.

> "그 때에 그들이 송아지를 만들어 그 우상 앞에 제사하며 자기 손으로 만든 것을 기뻐하더니 하나님이 외면하사 그들을 그 하늘의 군대 섬기는 일에 버려 두셨으니 이는 선지자의 책에 기록된 바 이스라엘의 집이여 너희가 광야에서 사십 년간 희생과 제물을 내게 드린 일이 있었느냐"(행7:41-42)

'사십 년간 희생과 제물을 하나님에게 드린 일이 없다!'

송아지 우상을 만들고 그 앞에서 드린 제사는 하나님께서 외면하셨다는 놀라운 이야기였습니다. 이 같은 스데반의 이야기에는 잘못된 제사는 받지 않으시며, 설령 제사가 드려지지 않더라도 하나님은 그것으로 상관하는 분이 아니라는 뜻이었습니다. 성전 제사의 중요성을 흐리게 하는 발언이었습니다. 놀라운 인식이었습니다. 공회원들이 그 말 앞에 가슴이 찔렸습니다.

'스데반의 인식을 보면서 어떤 생각이 드십니까?'

* Meditatio 묵상
오늘 말씀을 통하여 깨닫게 된 것을 짧게 적어보십시오.

....

....

완벽한 논증

* Lexio 읽기 / 사도행전 7:44-53

가능하면 오늘의 본문을 먼저 읽는 것이 좋지만 바로 아래 글을 읽어도 좋습니다. 충분히 본문을 이해하도록 배려하며 글을 썼습니다. 혹시 본문을 읽으신 분은 감동이 오는 말씀이나 단어 혹은 느낌을 간단히 적으시면 좋습니다.

> "이스라엘의 집이여 너희가 광야에서 사십 년간 희생과 제물을
> 내게 드린 일이 있었느냐"(행7:42)

40년 동안 제사가 없었음에도 하나님께서 문제 삼지 않으셨다는 것은 형식의 제사가 아니라 마음의 제사를 원하신다는 우회적 표현이었습니다. 그런 까닭에 성전 제사를 통해 재물을 축적하고 있었던 제사장들과 유대의 지도자들은 움찔할 수밖에 없었습니다.

그것만이 아니었습니다. 이제 스데반은 논점을 성전으로 옮겨 40년 동안 성전 없이 장막생활 했음을 강조하였습니다. 이때 하나님께서 어떤 문제도 제기하지 않으셨다는 뜻이었습니다. 스데반은 다윗과 솔로몬의 이야기를 꺼내었습니다.

그 요지는 이러하였습니다. 다윗이 하나님의 처소를 준비하라고 한 명령을 따라 솔로몬이 성전을 지었지만 오히려 하나님께서 원하신 것이 아니었다는 말이었습니다. 스데반은 열왕기상 8장 등을 인용하여

성전이 절대적이 아니라는 것을 증명한 것이었습니다.

> "그러나 지극히 높으신 이는 손으로 지은 곳에 계시지 아니하시
> 나니 선지자가 말한 바 주께서 이르시되 하늘은 나의 보좌요 땅
> 은 나의 발등상이니 너희가 나를 위하여 무슨 집을 짓겠으며 나
> 의 안식할 처소가 어디냐 이 모든 것이 다 내 손으로 지은 것이
> 아니냐 함과 같으니라"(행7:48-50)

기막힌 이야기였습니다. 이러한 스데반의 논증 앞에 그들은 아무런 대꾸도 할 수 없었습니다. 완벽한 논증이었기 때문이었습니다. 성전 모독이라는 죄로 예수를 죽인 것은 살인죄라는 논증을 이끌어낸 것입니다. 이 이야기를 들은 그들은 마음이 찔린 것보다 오히려 더욱 자신들을 감추고 스데반을 죽이려 하였습니다.

'스데반의 논증 앞에서 인정하지 못하고 계속 자신들을 주장하는 이유는 무엇 때문이라고 생각하십니까?'

* Meditatio 묵상
오늘 말씀을 통하여 깨닫게 된 것을 짧게 적어보십시오.

- -

- -

귀를 막으면 안 들리는가

* Lexio 읽기 / 사도행전 7:54-57
가능하면 오늘의 본문을 먼저 읽는 것이 좋지만 바로 아래 글을 읽어도 좋습니다. 충분히 본문을 이해하도록 배려하며 글을 썼습니다. 혹시 본문을 읽으신 분은 감동이 오는 말씀이나 단어 혹은 느낌을 간단히 적으시면 좋습니다.

"목이 곧고 마음과 귀에 할례를 받지 못한 사람들아 너희도 너희

조상과 같이 항상 성령을 거스르는도다"(행7:51)

스데반이 완벽한 논증을 했음에도 불구하고 그들이 예수를 인정하지 않는 것은 그것 자체가 성령을 거스른다는 증거였습니다. 분명 그들의 마음은 편하지 않았습니다. 하지만 그것의 반응은 회개나 돌아섬이 아니라 분노였습니다.

"그들이 이 말을 듣고 마음에 찔려 그를 향하여 이를 갈거늘"

(행7:54)

이 기막힌 반응을 보면서 느끼는 것은 회개할 수 있다는 것, 잘못을 깨달을 수 있다는 것이 기막힌 축복이라는 것입니다.

스데반은 그들의 적대적인 태도 앞에서 조금도 흔들리지 않았습니다. 오히려 더 견고해졌습니다. 왜냐하면 그들과 달리 스데반은 영적인

눈이 열려 하나님 나라의 영광을 보고 있었기 때문입니다.

> "스데반이 성령 충만하여 하늘을 우러러 주목하여 하나님의 영
> 광과 및 예수께서 하나님 우편에 서신 것을 보고 말하되 보라 하
> 늘이 열리고 인자가 하나님 우편에 서신 것을 보노라"(행7:55-56)

이 같은 스데반의 목격은 중요합니다. 결정적인 순간에 우리에게도 같은 현상과 확증으로 성령께서 우리를 이끄실 것이기 때문입니다.

그러나 사람들은 스데반이 하나님의 보좌와 예수를 목격하는 것을 인정하고 싶지 않았습니다. 그래서 그들은 자신들의 귀를 막고 소리를 질렀습니다. 듣지 않겠다는 적극적인 표현이었습니다. 그렇다면 이렇게 귀를 막고 소리를 지르면 듣지 않을 수 있습니까?

> "그들이 큰 소리를 지르며 귀를 막고 일제히 그에게 달려들어"
> (행7:57)

'우리는 자신의 죄에 대해 이처럼 귀를 막고 소리를 지르고 있지는 않습니까?'

---

* Meditatio **묵상**
오늘 말씀을 통하여 깨닫게 된 것을 짧게 적어보십시오.

죽음에 대한 새로운 인식

* Lexio 읽기 / 사도행전 7:57-60
가능하면 오늘의 본문을 먼저 읽는 것이 좋지만 바로 아래 글을 읽어도 좋습니다. 충분히 본문을 이해하도록 배려하며 글을 썼습니다. 혹시 본문을 읽으신 분은 감동이 오는 말씀이나 단어 혹은 느낌을 간단히 적으시면 좋습니다.

"그들이 큰 소리를 지르며 귀를 막고 일제히 그에게 달려들어 성
밖으로 내치고 돌로 칠새"(행7:57-58)

소리를 지르며 귀를 막고 스데반에게 달려들어 돌로 치기 시작하였습니다. 그렇게 스데반이 순교를 당했습니다. 대낮에 벌어진 마녀사냥식 살인이었습니다.

그런데 이상한 일이 벌어졌습니다. 일반적으로 폭력을 휘두르며 죽음에 이를 때까지 강압하면 자신의 주장을 굽히거나 혹 굽히지 않더라도 고통을 느끼는 것이 당연한 일입니다. 그런데 스데반은 전혀 다른 모습을 보인 것입니다. 스데반의 모습은 예수 그리스도의 십자가상의 모습과 유사했습니다. 그래서 그의 입에서 나오는 언어는 예수님의 언어였습니다. 죽음에 대한 새로운 인식을 갖게 하였습니다.

"주 예수여 내 영혼을 받으시옵소서"(행7:59)

"주여 이 죄를 그들에게 돌리지 마옵소서"(행7:60)

누가복음에는 예수님의 십자가상의 칠언 중에 세 가지의 말씀이 나옵니다. 그런데 그 중 두 가지를 스데반이 사용한 것입니다.

"아버지 저들을 사하여 주옵소서 자기들이 하는 것을 알지 못함이니이다"(눅23:34)

"내가 진실로 네게 이르노니 오늘 네가 나와 함께 낙원에 있으리라"(눅23:43)

"아버지 내 영혼을 아버지 손에 부탁하나이다"(눅23:46)

스데반은 예수님의 말을 기억하고 있었던 것입니다. 그 말의 아름다움을 알고 있었던 것입니다. 하지만 그 말들은 안다고 고백 할 수 있는 것이 아닙니다. 그 고백은 존재됨의 고백이기 때문입니다. 그런데 스데반이 한 것입니다. 그렇다면 스데반이 이미 단순한 존재가 아니라 신적인 존재, 하나님의 실제적 자녀임을 확증하는 것이었습니다.

그것을 사울, 곧 바울이 보고 있었습니다. 그가 증인이었습니다. 역사가 새롭게 기록되는 순간이었습니다. 스데반의 놀라운 죽음이 미친 영향이었습니다.

'스데반의 죽음은 바울에게 어떤 영향을 미쳤다고 생각하십니까?'

* Meditatio 묵상
오늘 말씀을 통하여 깨닫게 된 것을 짧게 적어보십시오.

박해에 숨겨진 하나님의 계획

* Lexio 읽기 / 사도행전 8:1-3
가능하면 오늘의 본문을 먼저 읽는 것이 좋지만 바로 아래 글을 읽어도 좋습니다. 충분히 본문을 이해하도록 배려하며 글을 썼습니다. 혹시 본문을 읽으신 분은 감동이 오는 말씀이나 단어 혹은 느낌을 간단히 적으시면 좋습니다.

"주 예수여 내 영혼을 받으시옵소서"(행7:59)

"주여 이 죄를 그들에게 돌리지 마옵소서"(행7:60)

스데반의 죽음이 사울, 곧 바울에게 강력한 영향을 미쳤음에 틀림이 없습니다. 하지만 그들의 동료들이 소리를 지르고 귀를 막은 것처럼 강력한 찔림이 있을수록 사울(바울)은 마음을 굳게 닫았습니다.

"사울은 그가 죽임 당함을 마땅히 여기더라"(행8:1)

스데반을 죽인 것은 신호와 같은 것이었습니다. 그때부터 매우 강력한 기독교 말살이 시작되었습니다. 알다시피 스데반의 죽음 직전까지 예루살렘의 기독교는 강력했습니다. 베드로의 설교에 삼천 명(행2:41), 오천 명(행4:4)이 예수를 영접하였습니다. 심지어 "허다한 제사장의 무리"(행6:7)까지 예수를 믿기 시작하였습니다. 엄청난 부흥이었습니다. 하지만 예루살렘만의 부흥이었습니다.

그런데 강력한 박해가 발생한 것입니다. 어쩌면 안주하려 했을지도 모를 사도들의 계획은 수포로 돌아가고 있었고 다시 예루살렘은 사도들 중심의 소규모 교회로 전락할 위험에 처한 것입니다. 흩어져야 했기 때문입니다. 박해를 피해 예루살렘을 떠나야 했기 때문입니다.

"사울은 그가 죽임 당함을 마땅히 여기더라 그 날에 예루살렘에 있는 교회에 큰 박해가 있어 사도 외에는 다 유대와 사마리아 모든 땅으로 흩어지니라... 사울이 교회를 잔멸할새 각 집에 들어가 남녀를 끌어다가 옥에 넘기니라"(행8:1,3)

절망적인 상황이었습니다. 어쩌면 예루살렘 공동체는 하나님을 원망했을 지도 모릅니다. 그들이 자원하여 예루살렘을 떠난 것이 아니었기 때문입니다. 하지만 이 같은 박해는 교회로 하여금 예루살렘을 넘어 유대와 사마리아로 나가게 하였습니다. 그들이 자발적으로 움직인 것은 아니었지만 복음이 주님의 지상명령을 따라 움직인 것입니다.

'가끔 우리가 만나는 어려움은 하나님의 사인일 수 있습니다. 예루살렘 교회처럼 말입니다. 혹시 그런 경우는 없었습니까?'

* Meditatio 묵상
오늘 말씀을 통하여 깨닫게 된 것을 짧게 적어보십시오.

- -

- -

권능을 갖고 있었다

* Lexio 읽기 / 사도행전 8:4-8
가능하면 오늘의 본문을 먼저 읽는 것이 좋지만 바로 아래 글을 읽어도 좋습니다. 충분히 본문을 이해하도록 배려하며 글을 썼습니다. 혹시 본문을 읽으신 분은 감동이 오는 말씀이나 단어 혹은 느낌을 간단히 적으시면 좋습니다.

"사울이 교회를 잔멸할새 각 집에 들어가 남녀를 끌어다가 옥에

넘기니라"(행8:3)

예루살렘 교회는 강력한 박해 앞에 씨가 말라갈 정도였습니다. 더욱이 크리스천들은 박해를 피해서 온 세상으로 흩어졌습니다. 주님의 지상명령을 따라 의도적인 흩어짐은 아니었지만, 그들은 모두 흩어졌습니다. 그러나 이것은 땅 끝으로 가기 위한 다음 단계였을 뿐입니다. 말씀의 성취였습니다.

"오직 성령이 너희에게 임하시면 너희가 권능을 받고 예루살렘과

온 유대와 사마리아와 땅 끝까지 이르러 내 증인이 되리라"(행1:8)

"그 날에 예루살렘에 있는 교회에 큰 박해가 있어 사도 외에는 다

유대와 사마리아 모든 땅으로 흩어지니라"(행8:1)

터를 닦고 살던 땅을 떠나는 것은 쉬운 일이 아니었을 것입니다. 어

쩌면 비참했을지도 모릅니다. 하지만 이상한 일이 벌어졌습니다. 그들이 박해를 피해서 흩어졌지만 그들은 좌절하고 도피한 것이 아니라 가는 곳마다 복음을 전하기 시작한 것입니다.

"그 흩어진 사람들이 두루 다니며 복음의 말씀을 전할새"(행8:4)

그것은 주님이 말씀하셨던 "권능"(행1:8)이었습니다. 이미 그들은 성령의 충만함으로 인한 권능을 갖고 있었습니다. 흩어지면서 그들은 자신들 안에 있는 복음의 능력을 경험한 것입니다.

더욱이 일곱 집사 중의 한 명인 빌립이 사마리아에서 복음을 전했을 때였습니다. 사마리아 백성들이 빌립을 좇으며 예수를 믿는 일이 벌어진 것입니다. 그것만이 아니라 빌립의 사역에는 귀신 축출과 치유가 강력하게 일어났습니다.

이것은 너무나 중요한 사건이었습니다. 사마리아는 버림받은 땅이었고, 유대인들이 외면한 사람들이 살던 곳이었기 때문입니다. 그런데 그들이 하나님의 말씀, 복음을 받아들인 것입니다. 기막힌 일이었습니다.

'말씀을 받아들이는 것이 시작입니다. 하나님의 일하심의 증거이기 때문입니다.'

* Meditatio 묵상
오늘 말씀을 통하여 깨닫게 된 것을 짧게 적어보십시오.

하나님의 간절함이었다

* Lexio 읽기 / 사도행전 8:14-17,25

가능하면 오늘의 본문을 먼저 읽는 것이 좋지만 바로 아래 글을 읽어도 좋습니다. 충분히 본문을 이해하도록 배려하며 글을 썼습니다. 혹시 본문을 읽으신 분은 감동이 오는 말씀이나 단어 혹은 느낌을 간단히 적으시면 좋습니다.

"그 성에 큰 기쁨이 있더라"(행8:8)

버림받은 땅, 유대인들이 외면한 천한 땅 사마리아에 복음이 증거 되었습니다. 그리고 사마리아인들이 그 말씀을 받아들였습니다. 그 같은 사실이 예루살렘에 있는 사도들에게 전해졌습니다. 하지만 사도들은 믿을 수가 없었습니다. 충격적으로 받아들여졌습니다. 주님의 지상명령의 성취였기 때문이었습니다. 사도들은 눈으로 확인해야 했습니다. 그래서 예루살렘 교회는 베드로와 요한을 조사관으로 보낸 것입니다.

"예루살렘에 있는 사도들이 사마리아도 하나님의 말씀을 받았다

함을 듣고 베드로와 요한을 보내매"(행8:14)

분명히 사도들은 주님의 지상명령을 기억하고 있었지만 이처럼 현실로 나타날 줄은 기대하지 않았던 것 같습니다. 그런데 그것을 보는 순간 사마리아로 내려온 두 사도의 눈에는 하나님의 말씀을 받은 사마리아 사람들이 대견했을 것입니다. 그때 베드로와 요한은 그것에 멈추지

않고 조금 더 나아갔습니다. 성령의 임재를 구하는 것이었습니다.

> "그들이 내려가서 그들을 위하여 성령 받기를 기도하니... 이에
> 두 사도가 그들에게 안수하매 성령을 받는지라"(행8:15,17)

어둠의 땅 사마리아에 임한 하나님의 빛이었습니다. 뿐만 아니라 성령의 임재 사건은 너무 쉽게 이뤄졌습니다. 베드로와 요한의 안수 기도로 성령이 임했기 때문입니다. 물론 두 사도에게 능력이 있기도 했겠지만 하나님의 간절함이 있었음을 증명하는 것이었습니다.

두 사도가 얼마나 신났을지는 충분히 짐작할 수 있습니다. 그리고 사마리아에 임한 성령 임재를 경험하고 누리면서 두 사도가 예루살렘으로 돌아갈 때 그들이 한 것은 역시나 복음을 전하는 것이었습니다. 어쩌면 그동안 예루살렘으로 제한되어 전해졌던 복음이 사마리아 땅 전역에 매우 자유롭게 전해지는 순간이었습니다.

> "두 사도가 주의 말씀을 증언하여 말한 후 예루살렘으로 돌아갈
> 새 사마리아인의 여러 마을에서 복음을 전하니라"(행8:25)

'버림받은 땅에도 성령은 임하십니다. 우리가 성령의 임재를 구할 버림받은 땅은 어디이며 사람은 누구입니까?'

* Meditatio 묵상
오늘 말씀을 통하여 깨닫게 된 것을 짧게 적어보십시오.

시몬에게 속지 말라

* Lexio 읽기 / 사도행전 8:9-13,18-24
가능하면 오늘의 본문을 먼저 읽는 것이 좋지만 바로 아래 글을 읽어도 좋습니다. 충분히 본
문을 이해하도록 배려하며 글을 썼습니다. 혹시 본문을 읽으신 분은 감동이 오는 말씀이나
단어 혹은 느낌을 간단히 적으시면 좋습니다.

"그 성에 시몬이라 하는 사람이 전부터 있어 마술을 행하여 사마
리아 백성을 놀라게 하며 자칭 큰 자라 하니 낮은 사람부터 높은
사람까지 다 따르며 이르되 이 사람은 크다 일컫는 하나님의 능
력이라 하더라"(행8:9-10)

사마리아 성에는 "하나님의 능력"이라고 착각할 만큼 강력한 마술사
시몬이 있었습니다. 사람들은 그를 신뢰하고 좇았습니다. 그런데 그 성
에 빌립, 베드로와 요한이 나타난 후에 그의 영향력은 위협을 받게 되
었습니다. 특히 베드로와 요한이 기도할 때 성령이 임하는 것을 보고
더욱 그리 생각할 수밖에 없었습니다. 마술사 시몬에게도 그런 능력이
필요했습니다. 그래서 베드로와 요한에게 돈으로 성령을 부어주는 권
능을 사고 싶었던 것입니다.

"시몬이 사도들의 안수로 성령 받는 것을 보고 돈을 드려 이르되
이 권능을 내게도 주어 누구든지 내가 안수하는 사람은 성령을
받게 하여 주소서 하니"(행8:18-19)

어이없는 일이었습니다. 하지만 시몬은 매우 진지했을 것입니다. 그는 신앙을, 기독교를 물질적으로 생각한 것입니다. 돈으로 사고 팔 수 있고 인간의 노력으로 얻을 수 있는 그런 것으로 생각했던 것입니다.

사실 오늘 우리가 만난 현실에서도 이러한 목회자들과 종교인들을 만납니다. 불의와 더러움을 행하면서도 능력을 행하는 목회자들을 만납니다. 그렇다면 두말할 것도 없이 그 능력은 속임수이고 하나님에게서 나온 것이 아닙니다. 하지만 사람들은 능력처럼 보이는 현상 때문에 속습니다.

분명 사마리아 백성들도 시몬의 능력을 "하나님의 능력"이라 믿고 따랐습니다. 하지만 가짜였습니다. 아니, 가짜 정도가 아니라 베드로가 말한 것처럼 "악독이 가득하며 불의에 매인"(행8:23) 사람이었습니다. 그런데 사마리아 백성들이 감쪽같이 속은 것입니다.

우리도 속을 수 있습니다. 우리가 말씀 위에 견고하게 서 있어야 하는 이유입니다. 말씀 안에서의 성령 체험이 중요한 이유입니다.

'혹시 시몬 같은 물질적 능력을 행사하는 이에게 속고 있지는 않습니까?'

* Meditatio 묵상

오늘 말씀을 통하여 깨닫게 된 것을 짧게 적어보십시오.

참 근사한 하나님의 섭리

* Lexio 읽기 / 사도행전 8:26-40
가능하면 오늘의 본문을 먼저 읽는 것이 좋지만 바로 아래 글을 읽어도 좋습니다. 충분히 본문을 이해하도록 배려하며 글을 썼습니다. 혹시 본문을 읽으신 분은 감동이 오는 말씀이나 단어 혹은 느낌을 간단히 적으시면 좋습니다.

> "주의 사자가 빌립에게 말하여 이르되 일어나서 남쪽으로 향하
> 여 예루살렘에서 가사로 내려가는 길까지 가라 하니 그 길은 광
> 야라"(행8:26)

예루살렘 위쪽에 위치한 사마리아에서 지중해변 도시인 가사로 내려가라고 주의 사자가 빌립에게 말하였습니다. 이유 있는 명령이었습니다. 성령은 빌립이 광야를 지나 가사로 가는 길에 에디오피아 여왕의 재무를 맡고 있는 관리를 만나게 하기 위함이었습니다.

여기서 주의할 것은 높은 위치의 관리여서 만나게 한 것이 아니라는 점입니다. 놀랍게도 그 관리(내시)는 예배하러 예루살렘에 왔다가 돌아가는 길이었고, 이사야 말씀을 읽다가 풀리지 않는 고민에 빠져 있는 상황이었습니다. 바로 이사야 53장, 고난 받는 종에 대한 이야기였습니다. 아직 예수를 모르기 때문에 벌어진 문제였습니다.

그것 때문이었습니다. 성령이 빌립으로 하여금 가사로 내려가게 한

이유였습니다. 바로 그 관리를 만나 이사야 비밀을 설명하게 하기 위함이었습니다. 빌립의 해설은 명쾌하였습니다. 이사야의 고난 받는 종은 메시야 예수에게 집중되는 놀라운 비밀이라는 것을 설명하였습니다. 그 순간 그 관리는 고민할 것도 없었습니다. 세례를 받겠다고 요청한 것입니다.

> "보라 물이 있으니 내가 세례를 받음에 무슨 거리낌이 있느냐"
> (행8:36)

바로 이것 때문에, 이 한 사람을 위해 빌립을 가사로 보내신 것입니다. 단 한 사람이지만 말씀을 사모하는 이를 위한 하나님의 배려였습니다.

동시에 놀라운 일이 성취되는 순간이었습니다. 복음이 예루살렘과 온 유대와 사마리아를 넘어 땅 끝 중의 하나인 아프리카로 퍼져나가는 순간이었던 것입니다. 참 근사한 하나님의 섭리였습니다.

'말씀을 사모하는 자들에게 보여주시는 하나님의 배려가 놀랍지 않습니까?'

* Meditatio 묵상
오늘 말씀을 통하여 깨닫게 된 것을 짧게 적어보십시오.

제 4 부

강력한 역사

완벽한 오류이거나 잘못일 수 있다

* Lexio 읽기 / 사도행전 9:1–9
가능하면 오늘의 본문을 먼저 읽는 것이 좋지만 바로 아래 글을 읽어도 좋습니다. 충분히 본문을 이해하도록 배려하며 글을 썼습니다. 혹시 본문을 읽으신 분은 감동이 오는 말씀이나 단어 혹은 느낌을 간단히 적으시면 좋습니다.

"성 밖으로 내치고 돌로 칠새 증인들이 옷을 벗어 사울이라 하는
청년의 발 앞에 두니라"(행7:58)

사울, 초대교회 당시 교회 박해의 중심인물은 바울이었습니다. 왜 바울이 박해의 중심에 서게 된 것입니까?

원래 바울은 소아시아의 중심이며 헬레니즘의 문화적 본산인 다소에서 태어났습니다(행22:3). 그는 가말리엘 문하에서 공부하였고 로마 시민권자였으며, 뿐만 아니라 성전과 율법에 대한 열성을 예배 방식으로 여기던 열혈당을 지지하는 열성 신학자(빌3:5)이자 바리새인으로서 보수 극단을 따르던 샴마이 학파였다고 여겨집니다. 이처럼 율법과 성경에 정통했던 바울은 예수가 십자가 나무 위에서 죽는 것을 보고 하나님의 저주 받은 자임을 확신했던 것입니다.

"나무에 달린 자는 하나님께 저주를 받았음이니라"(신21:23)

그래서 누구보다도 율법에 철저했던 바울은 하나님을 향한 열정으로 저주 받은 자 예수를 믿는 자들을 앞장서서 박해한 것입니다. 그런데 그런 바울에게 예수가 메시야로 나타나신 것입니다. 다시 말하자면, 그동안 바울이 뭔가 잘못 이해한 것입니다. 더욱 기막힌 것은 메시야이신 예수의 말씀이었습니다.

"사울아 사울아 네가 어찌하여 나를 박해하느냐"(행9:4)

엄청난 충격이었습니다. 그가 그동안 생각했던 모든 체계가 무너지는 순간이었습니다. 어떤 것도 생각할 수 없고 아무 것도 보이지 않는 공황상태에 들어선 것이었습니다. 그가 살아온 지금까지 생애는 말할 수 없이 비참한 것이었습니다. 끝이었습니다.

"사흘 동안 보지 못하고 먹지도 마시지도 아니하니라"(행9:9)

이제 바울이 할 수 있었던 것은 아무 것도 없었습니다.

'우리가 진리라고 알고 있던 것이 바울처럼 완벽한 오류이거나 잘못일 수 있습니다. 우리가 바르게 말씀을 해석하고 말씀에 바르게 서야 하는 이유입니다.'

* Meditatio 묵상
오늘 말씀을 통하여 깨닫게 된 것을 짧게 적어보십시오.

바울이 기회를 얻다

* Lexio 읽기 / 사도행전 9:10-15
가능하면 오늘의 본문을 먼저 읽는 것이 좋지만 바로 아래 글을 읽어도 좋습니다. 충분히 본문을 이해하도록 배려하며 글을 썼습니다. 혹시 본문을 읽으신 분은 감동이 오는 말씀이나 단어 혹은 느낌을 간단히 적으시면 좋습니다.

> "나는 네가 박해하는 예수라 너는 일어나 시내로 들어가라 네가
> 행할 것을 네게 이를 자가 있느니라"(행9:5-6)

바울의 모든 체계는 무너졌습니다. 그가 살아왔던 삶, 그가 공부하며 얻었던 학위와 명성, 그리고 정치적 힘 같은 것조차 아무 의미 없었습니다. 그동안 그의 삶은 메시야를 박해하는 삶이었기 때문이었습니다. 그가 스스로 결정할 수 있는 것은 없었습니다. 심지어 아무 것도 먹을 수 없었습니다.

하나님을 본 자들은 모두 죽었는데, 바울은 본 정도가 아니라 하나님을 박해하고 핍박한 것입니다. 바울은 없는 것과 다름없었습니다. 사실 바울은 죽어도 당연한 사람이었습니다. 그가 한 행위만 보면 말입니다. 그런데 주님께서는 그를 죽이지 않고 살려두신 것입니다.

그것만이 아니었습니다. 주님은 다메섹에 사는 제자 아나니아에게 바울을 찾아가라 명령하셨습니다. 그 같은 주님의 말씀에 바울이 누구

인지를 알고 있었던 아나니아는 화들짝 놀랐습니다. 이러한 반응은 당연한 것이었습니다. 주님께서 바울을 치료하라 말씀하셨습니다. 다시 보게 하라는 것이었습니다. 새로운 기회를 주겠다는 주님의 의지였습니다.

> "주여 이 사람에 대하여 내가 여러 사람에게 들사온즉 그가 예루살렘에서 주의 성도에게 적지 않은 해를 끼쳤다 하더니 여기서도 주의 이름을 부르는 모든 사람을 결박할 권한을 대제사장들에게서 받았나이다"(행9:13-14)

이 사실을 알고 계셨던 주님께서는 바울을 "이방인과 임금들과 이스라엘 자손들에게 전하기 위하여 택한 나의 그릇"(행9:15)으로 삼으신 것입니다. 주님의 놀라운 긍휼이었습니다.

하지만 여기서 간과하지 말아야 할 것이 있습니다. 우리가 주목할 것은 그가 주님을 만난 후 모든 것이 무너졌을 때 한 행동입니다. 바울이 식음을 전폐하기도 하였지만 그는 "기도"(행9:11)하고 있었습니다. 그것을 주님께서는 알고 계셨습니다.

'바울을 쓰시려고 한 이유는 무엇 때문이었다고 생각하십니까?'

* Meditatio 묵상
오늘 말씀을 통하여 깨닫게 된 것을 짧게 적어보십시오.

즉시로 행동한 이유

* Lexio 읽기 / 사도행전 9:16–22
가능하면 오늘의 본문을 먼저 읽는 것이 좋지만 바로 아래 글을 읽어도 좋습니다. 충분히 본문을 이해하도록 배려하며 글을 썼습니다. 혹시 본문을 읽으신 분은 감동이 오는 말씀이나 단어 혹은 느낌을 간단히 적으시면 좋습니다.

"가라 이 사람은 내 이름을 이방인과 임금들과 이스라엘 자손들에게 전하기 위하여 택한 나의 그릇이라"(행9:15)

바울은 주님께서 택하신 복음의 사도였습니다. 이 같은 주님의 계획을 바울은 거절할 수 없었을 것입니다. 무조건 감사하며 따라야 했을 것입니다. 하지만 성경은 약간 이상하게 주님의 말씀을 기록하고 있습니다. 이어서 아나니아에게 하신 말씀을 주의 깊게 읽을 필요가 있습니다.

"그가 내 이름을 위하여 얼마나 고난을 받아야 할 것을 내가 그에게 보이리라"(행9:16)

주님은 비록 원수 같은 바울이었지만 주님의 제자로 살 때 치러야 할 대가를 바울에게 미리 말씀하고자 하신 것입니다. 그래서 아나니아는 이 같은 주님의 말씀을 듣고 바울을 찾아가 그에게 안수기도 하고 그를 고쳐 다시 회복시키실 하나님의 계획을 말합니다.

바울이 받아야 할 고난에 대하여는 주님께서 직접 말씀하셨는지 아니면 아나니아를 통하여 말씀하셨는지는 약간 불확실합니다. 하지만 바울은 주님의 뜻을 분명히 알게 되었을 것입니다.

바울에게 다시 기회가 주어진 것입니다!

바울은 주님의 뜻을 알게 되었을 때 지체할 수 없었습니다. 바울에게 고난 받는 것은 아무 것도 아니었기 때문이었습니다. 그가 할 수 있는 일, 복음을 전하는 것은 영광이었고 자랑스러운 일이었을 뿐입니다. 그가 즉시로 행동한 이유였습니다.

> "사울이 다메섹에 있는 제자들과 함께 며칠 있을새 즉시로 각 회당에서 예수가 하나님의 아들이심을 전파하니"(행9:19-20)

'바울이 지체할 수 없었던 이유가 이해되십니까? 그렇다면 내가 지체하는 이유는 무엇 때문이라고 생각하십니까?'

---

* Meditatio 묵상
오늘 말씀을 통하여 깨닫게 된 것을 짧게 적어보십시오.

여러 날이 지나매

* Lexio 읽기 / 사도행전 9:23-26
가능하면 오늘의 본문을 먼저 읽는 것이 좋지만 바로 아래 글을 읽어도 좋습니다. 충분히 본
문을 이해하도록 배려하며 글을 썼습니다. 혹시 본문을 읽으신 분은 감동이 오는 말씀이나
단어 혹은 느낌을 간단히 적으시면 좋습니다.

"즉시로 각 회당에서 예수가 하나님의 아들이심을 전파하니...
다메섹에 사는 유대인들을 당혹하게 하니라"(행9:20,22)

"여러 날이 지나매 유대인들이 사울 죽이기를 공모하더니... 그
의 제자들이 밤에 사울을 광주리에 담아 성벽에서 달아 내리니
라 사울이 예루살렘에 가서 제자들을 사귀고자 하나 다 두려워하
여"(행9:23,25-26)

사도행전 기록을 평면적으로만 읽으면 바울이 회심 후 즉시로 복음
을 전하기 시작하였고 이 같은 바울의 전도에 다메섹 유대인들이 강력
하게 반대하였으며 심지어 바울을 죽이려 하자 바울이 예루살렘으로
피신한 것처럼 보입니다.

하지만 여기서 몇 가지 질문이 생깁니다. 그 중에서도 가장 중요한
것은 갈라디아서 기록 때문입니다.

"또 나보다 먼저 사도 된 자들을 만나려고 예루살렘으로 가지 아니하고 아라비아로 갔다가 다시 다메섹으로 돌아갔노라 그 후 삼 년 만에 내가 게바(베드로)를 방문하려고 예루살렘에 올라가서 그와 함께 십오 일을 머무는 동안"(갈1:17~18)

사도행전과 갈라디아서에서 기록한 것처럼 바울은 예루살렘으로 바로 가지 않고 아라비아로 갔다가 다메섹으로, 그리고 삼 년 만에 예루살렘으로 갔다는 기록 때문에 신학자들은 바울이 삼 년 동안 아라비아 사막에 있었다고 주장합니다. 소위 아라비아 묵상 기간입니다. "여러 날이 지나매"라는 기록에 삼 년이라는 아라비아 묵상이 있다고 생각하는 이유입니다.

그리고 이 '삼 년 동안의 아라비아 묵상'은 서문에 기록했듯이 '저주받아 죽은 예수가 어떻게 메시야가 되었는가?'하는 물음에 집중되었음을 갈라디아서 3장 13절을 통하여 알 수 있습니다. 그러니까 바울은 예수를 만난 체험 후 충분히 신학적인 연구와 개인적인 묵상 시간을 가졌던 것입니다. 충분한 자기 이해와 설득이 되는 시간을 말입니다.

'우리가 더 많이 성경을 공부해야 하는 이유입니다. 그래야 가벼운 신앙에서 벗어날 수 있습니다. 그렇지 않습니까?'

* Meditatio 묵상
오늘 말씀을 통하여 깨닫게 된 것을 짧게 적어보십시오

바나바가 있었다

* Lexio 읽기 / 사도행전 9:26–31

가능하면 오늘의 본문을 먼저 읽는 것이 좋지만 바로 아래 글을 읽어도 좋습니다. 충분히 본문을 이해하도록 배려하며 글을 썼습니다. 혹시 본문을 읽으신 분은 감동이 오는 말씀이나 단어 혹은 느낌을 간단히 적으시면 좋습니다.

> "사울이 예루살렘에 가서 제자들을 사귀고자 하나 다 두려워하여
> 그가 제자 됨을 믿지 아니하니"(행9:26)

삼 년간의 아라비아 묵상 후 바울이 간 곳은 예루살렘이었습니다. 그가 스데반을 죽였던 곳, 그리고 자신을 지지하던 대제사장을 비롯한 예수와 기독교를 혐오하던 무리들이 있는 곳인 예루살렘으로 가는 것은 쉽지 않았겠지만 바울은 예수의 제자들을 만나보고 싶었을 것입니다.

하지만 바울이 예루살렘을 방문하였을 때 베드로와 사도들은 그를 의심의 눈초리로 바라봤습니다. 위기일 수 있었습니다.

> "그 후 삼 년 만에 내가 게바를 방문하려고 예루살렘에 올라가서
> 그와 함께 십오 일을 머무는 동안 주의 형제 야고보 외에 다른 사
> 도들을 보지 못하였노라"(갈1:18–19)

바울이 예루살렘에서 15일 동안 있었지만 그 당시 바울은 기독교인

들의 공공의 적이었습니다. 그래서 바울이 예루살렘에 올라갔을 때 그의 마음과는 달리 모두가 두려워하였습니다. 더욱이 그를 의심하였습니다. 바울의 순수성을 도무지 받아들이지 못했다는 말입니다.

당연한 일이었습니다. 우리는 여기서 어떻게 바울이 예루살렘의 제자들과 교제할 수 있었을까 하는 질문이 생깁니다. 여러 가지 가능성을 말할 수 있지만 놀라운 실마리를 다음의 말씀에서 찾을 수 있습니다.

> "바나바가 데리고 사도들에게 가서 그가 길에서 어떻게 주를 보았는지와 주께서 그에게 말씀하신 일과 다메섹에서 그가 어떻게 예수의 이름으로 담대히 말하였는지를 전하니라"(행9:27)

그곳에는 바나바가 있었습니다. 반대가 심하였지만 바울이 공식적으로 예루살렘 교회의 인정을 받고 사역을 시작하게 된 이유였습니다.

"바나바가 있었다!' 당신에게도 있을 것입니다. 주변을 둘러보십시오. 한번 적어 보십시오.'

* Meditatio 묵상
오늘 말씀을 통하여 깨닫게 된 것을 짧게 적어보십시오.

베드로가 달라졌다

* Lexio 읽기 / 사도행전 9:32-43

가능하면 오늘의 본문을 먼저 읽는 것이 좋지만 바로 아래 글을 읽어도 좋습니다. 충분히 본문을 이해하도록 배려하며 글을 썼습니다. 혹시 본문을 읽으신 분은 감동이 오는 말씀이나 단어 혹은 느낌을 간단히 적으시면 좋습니다.

"그들이 내려가서 그들을 위하여 성령 받기를 기도하니… 이에 두 사도가 그들에게 안수하매 성령을 받는지라… 사도가 주의 말씀을 증언하여 말한 후 예루살렘으로 돌아갈새 사마리아인의 여러 마을에서 복음을 전하니라"(행8:15,17,25)

이처럼 제자들은 열심히 복음을 전하고 있었습니다. 이전에 사마리아에서 기도할 때 성령이 임한 사건이 그들로 하여금 더욱 강력한 확신을 갖게 하였을 것입니다.

"그 때에 베드로가 사방으로 두루 다니다가 룻다에 사는 성도들에게도 내려갔더니"(행9:32)

빌립을 포함하여 다른 집사들과 사도들에게도 기적과 증거가 일어났을 것입니다. 베드로도 예외가 아니었습니다. 베드로는 룻다에서 8년 동안 중풍병으로 침상에 누어있던 애니아라는 사람을 고쳤습니다.

그리고 룻다와 가까운 곳에 욥바가 있었습니다. 거기에는 선행과 구제를 매우 열심히 하였던 여제자 다비다가 있었는데, 그녀가 병들어 죽었습니다. 제자들은 베드로를 그곳으로 청하였습니다. 베드로가 욥바에 있는 다비다의 집에 가서 슬픔에 잠긴 사람들을 만났습니다. 그때 베드로가 이상한 행동을 하였습니다.

> "베드로가 사람을 다 내보내고 무릎을 꿇고 기도하고 돌이켜 시체를 향하여 이르되 다비다야 일어나라 하니 그가 눈을 떠 베드로를 보고 일어나 앉는지라"(행9:40)

예수님만 하실 수 있는 죽은 자를 살리는 기적을 베드로가 행한 것입니다. 생각만 해도 정말 신나는 일입니다. 사실 알고 보면 이것은 주님이 약속하신 것의 성취였습니다.

> "나를 믿는 자는 내가 하는 일을 그도 할 것이요 또한 그보다 큰 일도 하리니 이는 내가 아버지께로 감이라"(요14:12)

'이 놀라운 기적을 보면서 느끼는 소감을 적어 보시겠습니까?'

* Meditatio 묵상
오늘 말씀을 통하여 깨닫게 된 것을 짧게 적어보십시오.

- -

- -

하나님이 좋아하는 사람

* Lexio 읽기 / 사도행전 10:1–8
가능하면 오늘의 본문을 먼저 읽는 것이 좋지만 바로 아래 글을 읽어도 좋습니다. 충분히 본문을 이해하도록 배려하며 글을 썼습니다. 혹시 본문을 읽으신 분은 감동이 오는 말씀이나 단어 혹은 느낌을 간단히 적으시면 좋습니다.

> "온 욥바 사람이 알고 많은 사람이 주를 믿더라 베드로가 욥바에
> 여러 날 있어 시몬이라 하는 무두장이의 집에서 머무니라"
>
> (행9:42–43)

여제자 다비다가 죽었다가 살아나자 욥바는 떠들썩하였습니다. 그 분위기 때문이었는지 몰라도 베드로도 욥바에 여러 날 머물게 되었습니다. 그러던 어느 날이었습니다. 욥바 북쪽에 위치했던 도시 가이사랴에서 이상한 일이 벌어지고 있었습니다.

가이사랴에서 로마 군대의 백부장으로 있는 고넬료가 환상 중에 하나님의 사자를 만난 것입니다. 천사는 고넬료에게 욥바로 사람을 보내어 베드로를 청하라고 하였습니다. 고넬료가 당황하여 "주여 무슨 일이니이까"(행10:4)라고 물을 때 대답은 이례적이었습니다.

> "네 기도와 구제가 하나님 앞에 상달되어 기억하신 바가 되었으
> 니"(행10:4)

이후 기사를 보고 알게 되겠지만 고넬료의 집안은 베드로가 전한 복음을 듣게 되었고 성령 강림을 체험합니다. 그것이 전부였습니다. 멋있는 모습이었습니다. 하나님을 멋있게 믿는 사람과 그런 사람에게 성령을 보내주시는 하나님의 모습과 관계가 너무 멋있습니다.

가이사랴에서 벌어진 이상한 일, 하나님의 일하심에는 조건이 있었습니다. 여제자 다비다의 경우처럼 하나님을 경외하고 사람을 사랑하는 사람에게 임한 은혜였습니다.

> "그가 경건하여 온 집안과 더불어 하나님을 경외하며 백성을 많
> 이 구제하고 하나님께 항상 기도하더니"(행10:2)

'하나님을 경외하는 자, 선을 행하는 자를 하나님은 가만히 내버려두지 않으십니다. 멋있지 않습니까?'

* Meditatio 묵상
오늘 말씀을 통하여 깨닫게 된 것을 짧게 적어보십시오.

_____

_____

이상한 일이 벌어질 때

* Lexio 읽기 / 사도행전 10:9-16
가능하면 오늘의 본문을 먼저 읽는 것이 좋지만 바로 아래 글을 읽어도 좋습니다. 충분히 본문을 이해하도록 배려하며 글을 썼습니다. 혹시 본문을 읽으신 분은 감동이 오는 말씀이나 단어 혹은 느낌을 간단히 적으시면 좋습니다.

"네 기도와 구제가 하나님 앞에 상달되어 기억하신 바가 되었으

니"(행10:4)

고넬료를 위한 하나님의 선물은 복음이었습니다. 고넬료는 욥바에 있는 베드로를 청하라는 천사의 말을 듣고 "집안 하인 둘과 부하 가운데 경건한 사람 하나"(행10:7)를 베드로가 있는 욥바로 보냈습니다. 그들이 욥바로 들어서려할 때 하나님은 베드로를 준비시키셨습니다. 그 멋있는 상황을 성경은 이렇게 기록하였습니다.

"이튿날 그들이 길을 가다가 그 성에 가까이 갔을 그 때에 베드

로가 기도하려고 지붕에 올라가니 그 시각은 제 육 시더라"(행10:9)

베드로가 점심을 기다리면서 잠시 기도하러 올라간 바로 그 순간에 하나님께서는 고넬료의 사람들을 욥바로 들어오게 하셨습니다. 이 모든 것은 우연이 아니라 매우 정교하게 계획된 것이었습니다. 하나님이 연출하셨습니다.

그리고 베드로에게 보여주신 것은 율법에서 금하고 있는 부정한 짐 승들이었습니다. 그런데 주님은 그 짐승들을 보여주신 정도가 아니라 "일어나 잡아 먹어라"(행10:13)라고 말씀하셨습니다. 당연히 베드로는 그럴 수 없었습니다. 부정한 것이었기 때문입니다. 그 같은 일이 세 번 이나 반복되었습니다. 그 후 주님의 결론적인 말씀이 기막혔습니다.

"하나님께서 깨끗하게 하신 것을 네가 속되다 하지 말라"(행10:15)

그렇습니다. 부정한 것들을 먹지 말라 하셨던 분도 하나님이시고 지 금 먹으라고 하시는 분도 하나님이셨습니다. 베드로가 혼란스러운 것 은 당연한 일이었습니다. 그런데 바로 거기에 답이 있었습니다. 혼란스 러운 것, 이상한 것, 예상치 못한 것... 하나님께서 말씀하시고 싶은 것 이 있었던 것입니다.

'언제나 그렇습니다. 혼란스러울 때 주의할 필요가 있습니다. '주님, 뜻이 무엇입니까?'라고 물으셔야 합니다.'

* Meditatio 묵상
오늘 말씀을 통하여 깨닫게 된 것을 짧게 적어보십시오.

- -

- -

환상의 주도권은 하나님께

* Lexio 읽기 / 사도행전 10:17-29

가능하면 오늘의 본문을 먼저 읽는 것이 좋지만 바로 아래 글을 읽어도 좋습니다. 충분히 본문을 이해하도록 배려하며 글을 썼습니다. 혹시 본문을 읽으신 분은 감동이 오는 말씀이나 단어 혹은 느낌을 간단히 적으시면 좋습니다.

"하나님께서 깨끗하게 하신 것을 네가 속되다 하지 말라"(행10:15)

베드로가 본 환상은 잘 이해가 되지 않는 환상이었습니다. 베드로는 이해할 수 없었습니다. 뿐만 아니라 성령께서 그 물음에 대한 대답으로 더 이상한 말씀을 하셨습니다.

"베드로가 그 환상에 대하여 생각할 때에 성령께서 그에게 말씀 하시되 두 사람이 너를 찾으니 일어나 내려가 의심하지 말고 함 께 가라 내가 그들을 보내었느니라"(행10:19-20)

이 말씀은 베드로를 더 깊은 생각에 빠지게 하였습니다. 우리는 여기서 매우 중요한 것을 알게 됩니다.

'첫째, 하나님의 음성을 듣거나 환상을 본다고 해도 그것이 무슨 뜻인지 모를 수 있다.'

'둘째, 설령 그 뜻을 주님께서 설명하시더라도 모를 수 있다.'

그랬습니다. 드디어 고넬료 집안 사람들이 베드로를 찾아왔을 때에도 여전히 하나님의 뜻을 알 수 없어서 그들에게 던진 첫 마디는 "너희가 무슨 일로 왔느냐"(행10:21)라는 물음이었습니다.

그리고 베드로가 안내를 받아 고넬료의 집에 갔을 때에도 마찬가지였습니다. 그가 고넬료를 만났을 때 던진 질문 역시 "무슨 일로 나를 불렀느냐"(행10:29) 이었습니다.

베드로는 모르고 있었던 것입니다. 그것이 베드로의 한계였고, 우리의 한계입니다. 우리 역시 모를 수밖에 없습니다. 우리가 대단한 환상을 볼지라도 말입니다. 우리의 지식이나 능력으로 비전과 환상을 본 것이 아니기 때문입니다. 언제나 환상, 비전의 주도권은 하나님께서 가지고 계신 것입니다. 그 다음 단계로 나아가는 것 역시 주님이 하셔야 우리가 알 수 있습니다.

'환상과 비전의 주도권은 하나님께 있습니다. 우리가 언제나 주님을 의지해야 하는 이유입니다.'

---

* Meditatio 묵상
오늘 말씀을 통하여 깨닫게 된 것을 짧게 적어보십시오.

걱정하지 말고 주를 추구하라

* Lexio 읽기 / 사도행전 10:30-35
가능하면 오늘의 본문을 먼저 읽는 것이 좋지만 바로 아래 글을 읽어도 좋습니다. 충분히 본문을 이해하도록 배려하며 글을 썼습니다. 혹시 본문을 읽으신 분은 감동이 오는 말씀이나 단어 혹은 느낌을 간단히 적으시면 좋습니다.

"유대인으로서 이방인과 교제하며 가까이 하는 것이 위법인 줄은
너희도 알거니와 하나님께서 내게 지시하사 아무도 속되다 하거
나 깨끗하지 않다 하지 말라 하시기로 부름을 사양하지 아니하고
왔노라 묻노니 무슨 일로 나를 불렀느냐"(행10:28-29)

베드로가 성령의 말씀을 따라 순종하여 고넬료 집까지 왔지만 충분히 납득하지 못하겠다는 것이 베드로의 솔직한 마음이었습니다. 그렇다고 해서 고넬료도 지금의 상황을 명쾌하게 이해하고 있는 것도 아니었습니다. 둘 다 갸우뚱하는 상태에서 고넬료가 먼저 자신에게 있었던 일들을 말하기 시작하였습니다.

"내가 나흘 전 이맘때까지 내 집에서 제 구 시 기도를 하는데 갑
자기 한 사람이 빛난 옷을 입고 내 앞에 서서 말하되 고넬료야 하
나님이 네 기도를 들으시고 네 구제를 기억하셨으니 사람을 욥바
에 보내어 베드로라 하는 시몬을 청하라 그가 바닷가 무두장이
시몬의 집에 유숙하느니라 하시기로 내가 곧 당신에게 사람을 보

내었는데"(행10:30-33)

베드로가 이 말을 들을 때 주님께서 보여주신 환상의 의미를 깨달은 것으로 보입니다. 베드로가 의심을 멈추고 자신을 보내신 이유를 이해 했기 때문입니다.

"베드로가 입을 열어 말하되 내가 참으로 하나님은 사람의 외모
를 보지 아니하시고 각 나라 중 하나님을 경외하며 의를 행하는
사람은 다 받으시는 줄 깨달았도다"(행10:34-35)

드디어 베드로는 부정한 짐승 환상의 의미가 고넬료와 같은 이방인 에게도 복음이 증거 되는 것이 주님의 뜻이라는 것을 깨닫습니다. 이러 한 베드로의 이해는 중요합니다. 이것 때문에 후에 베드로가 바울을 이 방인을 위한 사도로 인정하는 일에 적극적인 역할을 감당하기 때문입 니다. 또한 이 같은 이해는 진정 주님의 지상명령을 따라 땅 끝까지 복 음을 증거하는 사명과 자유함을 누리게 하기 때문입니다.

'성령께서 알게 하실 것입니다. 걱정하지 말고 주를 추구하십시오.'

* Meditatio 묵상
오늘 말씀을 통하여 깨닫게 된 것을 짧게 적어보십시오.

- -

- -

말씀을 듣기만 해도

* Lexio 읽기 / 사도행전 10:36–48
가능하면 오늘의 본문을 먼저 읽는 것이 좋지만 바로 아래 글을 읽어도 좋습니다. 충분히 본문을 이해하도록 배려하며 글을 썼습니다. 혹시 본문을 읽으신 분은 감동이 오는 말씀이나 단어 혹은 느낌을 간단히 적으시면 좋습니다.

"내가 참으로 하나님은 사람의 외모를 보지 아니하시고 각 나라 중 하나님을 경외하며 의를 행하는 사람은 다 받으시는 줄 깨달았도다"(행10:34–35)

베드로가 깨달은 것은 복음을 전하라는 것이었습니다. 드디어 베드로가 순종하여 세례 요한 이야기부터 시작하였습니다. 그리고 예수의 지상사역과 유대인들이 예수를 십자가에 매달아 죽게 한 이야기, 그러나 하나님께서 예수를 사흘 만에 살리신 이야기까지 베드로가 복음을 말하였습니다. 그리고 복음의 마지막 이야기는 믿음에 대한 이야기로 끝을 맺었습니다.

"그를 믿는 사람들이 다 그의 이름을 힘입어 죄 사함을 받는다"
(행10:43)

바로 그 때 이상한 일이 벌어졌습니다. 성령의 임재였습니다. 그 상황은 베드로 역시 전혀 예상하지 못한 것이었습니다.

"베드로가 이 말을 할 때에 성령이 말씀 듣는 모든 사람에게 내려
오시니 베드로와 함께 온 할례 받은 신자들이 이방인들에게도 성
령 부어 주심으로 말미암아 놀라니"(행10:44-45)

듣기만 하였는데도 성령이 임한 것입니다. 이상할지 모르지만 원래
듣기만 하여도 성령이 임하는 것이 옳습니다. 하나님의 말씀이기 때문
입니다. 실제로 예루살렘 거리에서 베드로가 설교할 때 삼천 명이 회개
하고 예수를 영접한 사건이 이를 증명합니다.

베드로는 유대인이나 이방인이나 주님이 보실 때는 아무런 차이가
없게 여기신다는 것을 깨달았습니다. 그래서 놀란 것입니다. 그 다음은
쉬웠습니다. 베드로가 결정한 것은 세례를 주는 것이었습니다. 기독교
공동체로 받아들이는 행위였습니다.

"베드로가 이르되 이 사람들이 우리와 같이 성령을 받았으니 누
가 능히 물로 세례 베풂을 금하리요"(행10:47)

'말씀을 듣기만 해도 성령은 임재하십니다. 그렇다면 우리의 문제는
무엇입니까?'

* Meditatio 묵상
오늘 말씀을 통하여 깨닫게 된 것을 짧게 적어보십시오.

하나님의 강력한 의지

* Lexio 읽기 / 사도행전 11:1~18
가능하면 오늘의 본문을 먼저 읽는 것이 좋지만 바로 아래 글을 읽어도 좋습니다. 충분히 본
문을 이해하도록 배려하며 글을 썼습니다. 혹시 본문을 읽으신 분은 감동이 오는 말씀이나
단어 혹은 느낌을 간단히 적으시면 좋습니다.

> "베드로가 이르되 이 사람들이 우리와 같이 성령을 받았으니 누
> 가 능히 물로 세례 베풂을 금하리요"(행10:47)

베드로가 다시 예루살렘으로 돌아왔을 때 베드로가 할례 받지 않은
이방인인 고넬료의 집에 간 것이 문제가 되었습니다. 여전히 초대교회
사도들과 교인들은 유대인이었습니다. 또한 그 당시까지만 해도 크리
스천이 되는 조건은 먼저 유대인으로 개종하여 할례 받은 후에 믿어야
했습니다. 그런데 그 같은 과정 없이 고넬료에게 복음을 전한 것도 문
제였고, 더욱이 이방인과 식사를 같이 한 것은 하나님의 법을 위반한
대단한 잘못이었습니다.

> "베드로가 예루살렘에 올라갔을 때에 할례자들이 비난하여 이르
> 되 네가 무할례자의 집에 들어가 함께 먹었다 하니"(행11:2-3)

베드로는 교회에게 설명할 필요가 있었습니다. 그래서 베드로는 그
간의 모든 일들을 자세하게 설명하였습니다. 4절부터 16절까지 긴 이

야기였습니다. 결론은 이렇게 맺었습니다.

> "내가 말을 시작할 때에 성령이 그들에게 임하시기를 처음 우리
> 에게 하신 것과 같이 하는지라"(행11:15)

'처음 우리에게 하신 것과 같았다!' 그리고 치명적인 말을 베드로가
꺼내었습니다.

> "그런즉 하나님이 우리가 주 예수 그리스도를 믿을 때에 주신 것
> 과 같은 선물을 그들에게도 주셨으니 내가 누구이기에 하나님을
> 능히 막겠느냐 하더라"(행11:17)

어느 누구도 다른 말을 할 수가 없었습니다. 그들이 안 것은 하나님
의 강력한 의지였습니다. 비로소 지상명령에서 말씀하신 '사마리아와
땅 끝까지'의 의미를 밝히 알게 되는 순간이었습니다. 그들이 할 수 있
는 것은 하나님께 영광을 돌리는 것과 이방인 역시 이 놀라운 복음의
대상임을 인정하는 것이었습니다.

'아직도 우리가 갖고 있는 틀에 갇혀 복음을 이해할 때가 있습니다.
혹시 자신은 어떤지 돌아보십시오.'

* Meditatio 묵상
오늘 말씀을 통하여 깨닫게 된 것을 짧게 적어보십시오.

제 5 부

성령행전

무명의 크리스천

* Lexio 읽기 / 사도행전 11:19-24

가능하면 오늘의 본문을 먼저 읽는 것이 좋지만 바로 아래 글을 읽어도 좋습니다. 충분히 본문을 이해하도록 배려하며 글을 썼습니다. 혹시 본문을 읽으신 분은 감동이 오는 말씀이나 단어 혹은 느낌을 간단히 적으시면 좋습니다.

> "그런즉 하나님이 우리가 주 예수 그리스도를 믿을 때에 주신 것
> 과 같은 선물을 그들에게도 주셨으니 내가 누구이기에 하나님을
> 능히 막겠느냐 하더라"(행11:17)

베드로가 정확하게 보았습니다. 이는 하나님께서 하신 일이었습니다. 어느 누구도 막을 수 없는 일이었습니다. 하나님은 전방위적으로 역사하셨습니다.

드디어 터졌습니다. 그 놀라운 복음의 역사는 예수의 제자들을 통한 직접적 역사가 아니었습니다. 처음 스데반 사건 이후 해외 여기저기 흩어졌던 유대 크리스천들은 현지에 있는 유대인들에게만 복음을 전했습니다. 그러다가 구브로와 구레네에 근거해서 살던 몇 사람이 안디옥에 왔다가 헬라인에게도 복음을 전했습니다. 그런데 그것이 폭발한 것입니다.

"그 중에 구브로와 구레네 몇 사람이 안디옥에 이르러 헬라인에

게도 말하여 주 예수를 전파하니 주의 손이 그들과 함께 하시매

수많은 사람들이 믿고 주께 돌아오더라"(행11:20-21)

전혀 이름도 알 수 없는 무명의 크리스천들이 전한 복음이 세계 복음화의 깃발을 꽂은 것입니다. 이 같은 소식은 예루살렘 교회까지 전해질 만큼 화제였습니다. 그 소식 앞에 예루살렘 교회는 무엇인가 대책을 세워야 했습니다. 그래서 현지 조사를 위해 파송한 사람이 바나바였습니다. 이미 고넬료 사건을 통하여 이방인들을 향한 마음을 연 예루살렘 교회는 매우 긍정적으로 생각하여 바나바를 보낸 것으로 여겨집니다. 바나바가 그런 사람이었기 때문입니다.

바나바는 "하나님의 은혜를 보고 기뻐"(행11:23)하였습니다. 그리고 이어진 바나바의 사역은 성공이었습니다. 바나바가 존재하는 것만으로도 많은 사람들이 주님께 나아온 것입니다. 매우 적절한 담임자였습니다.

"바나바는 착한 사람이요 성령과 믿음이 충만한 사람이라 이에

큰 무리가 주께 더하여지더라"(행11:24)

'무명의 크리스천들을 사용하셨습니다. 좋지 않습니까?'

* Meditatio 묵상

오늘 말씀을 통하여 깨닫게 된 것을 짧게 적어보십시오.

- -

- -

예수에게 미친 사람들

* Lexio 읽기 / 사도행전 11:25–30
가능하면 오늘의 본문을 먼저 읽는 것이 좋지만 바로 아래 글을 읽어도 좋습니다. 충분히 본
문을 이해하도록 배려하며 글을 썼습니다. 혹시 본문을 읽으신 분은 감동이 오는 말씀이나
단어 혹은 느낌을 간단히 적으시면 좋습니다.

> "바나바는 착한 사람이요 성령과 믿음이 충만한 사람이라 이에
>
> 큰 무리가 주께 더하여지더라"(행11:24)

모든 크리스천들, 특히 해외에 흩어져 있던 크리스천들에게 있어서
주님의 직계 제자들에 대한 의존도는 상당했습니다. 그런 까닭에 예루
살렘 교회는 심정적으로 그들의 어머니 교회였습니다. 이러한 예루살
렘 교회와 사도들이 소위 담임목사로 바나바를 보낸 것입니다. 그것만
으로 교회가 부흥되는 것은 당연한 것이었습니다.

그런데 바나바가 바울을 생각한 것입니다. 어쩌면 혼자 해도 전혀 문
제없을지도 모를 안디옥 교회 목회에 바울을 초청한 것입니다. 알다시
피 바나바는 바울이 다메섹 체험과 삼 년의 아라비아 사막 묵상을 지난
후 예루살렘을 방문했을 때 도움을 준 사람이었습니다. 여전히 바울,
예전의 사울을 무서워하고 있던 예루살렘의 크리스천들과 사도들 앞에
서 적극적인 변호로 도움을 주었습니다.

"바나바가 데리고 사도들에게 가서 그가 길에서 어떻게 주를 보 았는지와 주께서 그에게 말씀하신 일과 다메섹에서 그가 어떻게 예수의 이름으로 담대히 말하였는지를 전하니라"(행9:27)

위 본문을 살펴볼 때 바나바는 바울로부터 주님이 바울 자신을 이방 인 사역을 위해 부르셨다는 것을 들었던 것으로 보입니다. 그것이 이유 였을 것입니다. 그래서 바나바가 바울을 다소까지 가서 데려온 것입니 다.

그렇게 둘이 만났습니다. 두 사람의 안디옥 사역은 대성공이었습니 다. 드디어 아름다운 언어, '예수의 사람들 혹은 예수에게 미친 사람들' 이란 뜻인 "그리스도인"(행11:26)이라는 별명을 받게 됩니다.

안디옥 교회는 더 커져갔습니다. 급기야 글라우디오 황제 집권 시기 에 있었던 흉년으로 예루살렘 교회가 어려울 때 안디옥 교회는 헌금을 모아서 바나바와 바울 편에 보낼 정도로 말입니다. 드디어 선교의 중심 이 예루살렘에서 안디옥으로 옮겨지는 순간이었습니다. 주님의 지상명 령이 전성기에 들어선 것이었습니다.

'바나바를 보면서 배우게 되는 것은 무엇입니까?'

* Meditatio 묵상
오늘 말씀을 통하여 깨닫게 된 것을 짧게 적어보십시오.

기도하고 있었다!

* Lexio 읽기 / 사도행전 12:1-12
가능하면 오늘의 본문을 먼저 읽는 것이 좋지만 바로 아래 글을 읽어도 좋습니다. 충분히 본문을 이해하도록 배려하며 글을 썼습니다. 혹시 본문을 읽으신 분은 감동이 오는 말씀이나 단어 혹은 느낌을 간단히 적으시면 좋습니다.

> "그 때에 헤롯 왕이 손을 들어 교회 중에서 몇 사람을 해하려 하
> 여 요한의 형제 야고보를 칼로 죽이니"(행12:1-2)

예루살렘의 유대인 종교지도자들이 예루살렘 교회의 왕성해짐을 보면서 일차적으로 행동했던 것은 스데반을 죽이고 예수를 믿는 자들을 박해하는 것이었습니다. 그들의 목적은 어느 정도 이루어졌습니다. 예루살렘의 기독교인들 상당수가 예루살렘을 떠났기 때문이었습니다.

그리고 시간이 지나면서 박해의 창끝은 제자들을 향하고 있었고 주구인 헤롯 왕의 첫 번째 대상은 사도 야고보였습니다. 야고보를 죽인 것 때문에 헤롯은 유대인들로부터 인기를 얻었습니다. 이렇게 재미를 본 헤롯의 다음 행보는 베드로를 죽이는 것이었습니다.

이처럼 헤롯이 과감하게 예루살렘 교회의 지도자들을 제거할 수 있었던 이유 중의 하나는 예루살렘 교회가 약화되었기 때문이었습니다. 앞에서 살핀 것처럼 흉년 때문이긴 하였지만 재정적 악화를 예루살렘

교회가 겪고 있었습니다. 안디옥 교회의 도움을 받을 만큼 말입니다.

헤롯 왕은 유대인들의 적극적 지지를 얻어내기 위하여 베드로를 죽이는 것을 좀 더 극적으로 준비하였습니다. 그래서 감옥에 가두어 놓았습니다. 예루살렘 교회에 위기가 찾아온 그때 예루살렘 교회가 한 것은 기도였습니다. 사실 할 수 있는 것이 기도 밖에 없었습니다.

바로 이 기도를 들으시고 하나님께서는 천사를 보내어 감옥에 갇혀 있던 베드로를 풀려나게 하셨습니다. 베드로는 꿈을 꾸는 것으로 생각했습니다. 감옥에서 나온 후에야 하나님께서 천사를 보내어 역사하셨다는 것을 알았습니다. 그리고 찾아간 마가 요한의 집, 그 곳에서 사람들이 기도하고 있던 것을 발견합니다.

"깨닫고 마가라 하는 요한의 어머니 마리아의 집에 가니 여러 사람이 거기에 모여 기도하고 있더라"(행12:12)

'기도하고 있었다!' 그것이 힘이었습니다.

'위기 때 기도할 수 있다면 충분합니다. 하나님께서 살아계시기 때문입니다. 그렇지 않습니까?'

* Meditatio 묵상
오늘 말씀을 통하여 깨닫게 된 것을 짧게 적어보십시오.

우리의 기도가 부끄럽지 않은 이유

* Lexio 읽기 / 사도행전 12:13-24
가능하면 오늘의 본문을 먼저 읽는 것이 좋지만 바로 아래 글을 읽어도 좋습니다. 충분히 본문을 이해하도록 배려하며 글을 썼습니다. 혹시 본문을 읽으신 분은 감동이 오는 말씀이나 단어 혹은 느낌을 간단히 적으시면 좋습니다.

"마가라 하는 요한의 어머니 마리아의 집에 가니 여러 사람이 거기에 모여 기도하고 있더라"(행12:12)

'기도하고 있었다!' 그것이 교회의 힘이었습니다. 하지만 정작 기도하던 교인들은 100% 확신하고 있지 않았던 것으로 보입니다. 그래서 베드로의 목소리를 듣고 알아본 여종 로데가 집 안에 있는 사람들에게 말하였을 때 아무도 믿지 않았던 것입니다.

"베드로의 음성인 줄 알고 기뻐하여 문을 미처 열지 못하고 달려 들어가 말하되 베드로가 대문 밖에 섰더라 하니 그들이 말하되 네가 미쳤다 하나 여자 아이는 힘써 말하되 참말이라 하니 그들이 말하되 그러면 그의 천사라 하더라"(행12:14-15)

우리는 여기서 귀한 위로를 받게 됩니다. 즉 하나님께서는 우리가 완벽한 확신을 가지고 드릴 때만 기도를 들으시는 것이 아니라, 확신 없는 기도를 할지라도 우리의 기도 자체를 소홀히 여기시지 않는다는 사실을 알 수 있기 때문입니다. 우리의 기도가 부끄럽지 않은 이유입니다.

베드로가 갑자기 사라진 것 때문에 헤롯은 경비병들을 문초하고 처형시켰습니다. 내통자가 있어서 베드로를 탈옥시킨 것이라고 판단한 것입니다. 야고보를 죽이고 베드로를 죽일 뻔 했으며 권력의 중심에 있었던 그는 대단한 웅변가였던 것으로 보입니다. 그의 연설을 들을 때 사람들은 "이것은 신의 소리요 사람의 소리가 아니라"(행12:22)고 외칠 정도였기 때문입니다.

이 같은 헤롯의 행위는 끝을 향해 가고 있었습니다. 더욱이 이런 그가 하나님을 영화롭게 할리 없었습니다. 결국 그는 벌레에 먹혀 죽는 비참한 지경에 이릅니다. 화려해 보였고 이기는 것 같았던 헤롯의 끝이었습니다.

> "헤롯이 영광을 하나님께로 돌리지 아니하므로 주의 사자가 곧
> 치니 벌레에게 먹혀 죽으니라"(행12:23)

반면에 하나님의 말씀은 왕성해져갔습니다.

'하나님 나라는 왕성해져가고 세상의 것은 후폐해져 가는 것이 당연합니다. 일시적으로 왕성해보일지라도 말입니다. 잊지 말아야 합니다.'

* Meditatio 묵상
오늘 말씀을 통하여 깨닫게 된 것을 짧게 적어보십시오.

- -

- -

안디옥 교회가 선교사를 보내다

* Lexio 읽기 / 사도행전 12:25-13:3

가능하면 오늘의 본문을 먼저 읽는 것이 좋지만 바로 아래 글을 읽어도 좋습니다. 충분히 본문을 이해하도록 배려하며 글을 썼습니다. 혹시 본문을 읽으신 분은 감동이 오는 말씀이나 단어 혹은 느낌을 간단히 적으시면 좋습니다.

"바나바와 사울이 부조하는 일을 마치고 마가라 하는 요한을 데리고 예루살렘에서 돌아오니라"(행12:25)

어려움을 겪고 있던 예루살렘 교회 입장에서 볼 때 바나바와 바울이 가지고 온 헌금은 매우 감사한 일이었을 것입니다. 무엇보다 중요한 것은 안디옥 교회가 이렇게 성장한 것입니다.

바나바와 바울이 안디옥으로 올 때 그들은 초대교회의 중심지였던 마가의 다락방에서 그 역사의 중심을 경험했던 아들 마가를 데리고 옵니다. 마가 요한은 중요합니다. 바울의 1차 전도여행 시 도망친 것 때문에 한때 바울의 미움을 사기도 하였지만 후에 바울을 잘 도운 인물이기도 합니다. 뿐만 아니라 예루살렘에 있을 때 베드로 및 사도들, 그리고 예수의 행적을 누구보다 잘 이해한 까닭에 나중에 마가복음을 씁니다. 하지만 1차 전도여행 중 이탈한 것을 보면 똑똑하지만 아직 신앙이 깊은 친구는 아니었습니다. 그럼에도 불구하고 데리고 온 것은 바울의 조카였기 때문이었습니다.

"나와 함께 갇힌 아리스다고와 바나바의 생질 마가와"(골4:10)

여하튼 안디옥 교회는 강력한 교회로서의 면면을 갖췄습니다. 헤롯 안티파스와 함께 자란 마나엔을 비롯하여 좋은 교사와 선지자들이 있었습니다. 그때까지 바울은 그들 중의 한 사람이었고 유력한 지도자는 아닌 것으로 보입니다. 성경의 기술 순서가 그것을 증명합니다.

> "안디옥 교회에 선지자들과 교사들이 있으니 곧 바나바와 니게르라 하는 시므온과 구레네 사람 루기오와 분봉 왕 헤롯의 젖동생 마나엔과 및 사울이라"(행13:1)

드디어 안디옥 교회가 금식하며 기도할 때 성령께서 바나바와 바울을 따로 세워 선교사로 보낼 것을 말씀하셨습니다. 역사상 처음으로 안디옥 교회가 정식 선교사를 파송하는 순간이었습니다. 그리고 첫 번째 선교지로 택한 곳이 구브로 섬이었습니다. 성령의 인도하심이었습니다.

> "두 사람이 성령의 보내심을 받아 실루기아에 내려가 거기서 배 타고 구브로에 가서"(행13:4)

'안디옥 교회의 성장을 보면서 어떤 느낌이 드십니까?'

* Meditatio 묵상
오늘 말씀을 통하여 깨닫게 된 것을 짧게 적어보십시오.

하나님의 계획

* Lexio 읽기 / 사도행전 13:4-12
가능하면 오늘의 본문을 먼저 읽는 것이 좋지만 바로 아래 글을 읽어도 좋습니다. 충분히 본문을 이해하도록 배려하며 글을 썼습니다. 혹시 본문을 읽으신 분은 감동이 오는 말씀이나 단어 혹은 느낌을 간단히 적으시면 좋습니다.

> "두 사람이 성령의 보내심을 받아 실루기아에 내려가 거기서 배
> 타고 구브로에 가서 살라미에 이르러 하나님의 말씀을 유대인의
> 여러 회당에서 전할새 요한을 수행원으로 두었더라"(행13:4-5)

바나바와 바울이 성령의 보내심을 받아 간 곳은 구브로였습니다. 그런데 재미있는 것은 구브로는 바나바의 고향(행4:36)이었습니다.

하나님의 배려라고 말할 수밖에 없습니다. 그들의 전도 방식이 흩어진 유대인들의 회당에서 사람들을 만나고 복음을 전하는 방식인 까닭에 첫 여행은 안전한 곳이 좋았을 것입니다. 그런 관점에서 성령은 안전한 곳 구브로로 인도하신 것이었습니다.

그 당시 로마 원로원의 사유지였던 구브로 섬의 동쪽 살라미에서 서쪽 바보까지 바나바와 바울(사울)은 섬을 횡단하는 전도여행을 시작했습니다. 살라미를 지나 구브로의 수도 바보에서는 총독 서기오 바울에게 말씀을 전하는 기회도 얻습니다. 총독은 그 복음의 내용을 받아들일

마음이 있었지만 쉽지 않았습니다. 거짓 선지자 바예수가 적극적으로 훼방을 한 것입니다. 이때 바울(사울)이 전면에 드러납니다. 그것은 바울의 능력이 아니라 성령의 일하심이었습니다.

"바울이라고 하는 사울이 성령이 충만하여 그를 주목하고 이르되 모든 거짓과 악행이 가득한 자요 마귀의 자식이요 모든 의의 원수여 주의 바른 길을 굽게 하기를 그치지 아니하겠느냐"(행13:9-10)

엄청난 힘이었습니다. 그리고 이어진 바울의 저주를 따라 바예수라 하는 마술사 엘루마가 눈이 먼 것입니다. 총독 서기오 바울이 예수를 믿지 않을 이유가 없었습니다.

"이 광경을 처음부터 보고 있던 총독은 주님께 관한 가르침에 깊이 감동되어 신도가 되었다."(공동번역/행13:12)

서서히 바울(사울)이 역사의 중심에 서는 순간이었습니다.

'이 선교 역사의 중심에 들어서고 있는 바울을 보는 소감이 어떻습니까?'

* Meditatio 묵상
오늘 말씀을 통하여 깨닫게 된 것을 짧게 적어보십시오.

바울의 해박한 지식

* Lexio 읽기 / 사도행전 13:13–23
가능하면 오늘의 본문을 먼저 읽는 것이 좋지만 바로 아래 글을 읽어도 좋습니다. 충분히 본문을 이해하도록 배려하며 글을 썼습니다. 혹시 본문을 읽으신 분은 감동이 오는 말씀이나 단어 혹은 느낌을 간단히 적으시면 좋습니다.

"이에 총독이 그렇게 된 것을 보고 믿으며 주의 가르치심을 놀랍게 여기니라"(행13:12)

구브로에서 얻은 나름대로 성공은 다음 여행지로 이동하는 것에 용기를 주었습니다. 그렇게 용기를 얻어 도착한 곳이 남부 해안에 위치한 밤빌리아 지방의 버가였습니다. 그런데 아쉽게도 버가에 도착했을 때 함께 참여했던 바나바의 조카 요한 마가가 낙오하여 예루살렘으로 돌아갔습니다.

"밤빌리아에 있는 버가에 이르니 요한은 그들에게서 떠나 예루살렘으로 돌아가고"(행13:13)

이런 우여곡절을 겪으면서 바울과 바나바가 버가를 지나 비시디아 안디옥에 이르렀을 때였습니다. 안식일이 되어서 두 사람이 유대인의 회당에 들어갔는데, 사람들이 그들을 알아본 것입니다. 자세한 설명이 있지는 않지만 회당장들이 건네는 말을 들어보면 알 수 있습니다.

"회당에서 율법서와 예언서의 낭독이 끝나자 회당의 간부들이 사
람을 시켜 바울로와 바르나바에게 '두 분께서 혹 격려할 말씀이
있거든 이 회중에게 한 말씀해 주셨으면 좋겠습니다' 하고 청하
였다."(공동번역/행13:15)

알다시피 바울은 최고의 학자인 가말리엘 밑에서 공부하였고 스스로
바리새인 중의 바리새인이라고 말할 만큼 유대인 집단의 진골이었습니
다. 반면에 비시디아 안디옥은 유대교에서 보면 중심지역이 아니었습
니다. 그런 점에서 바울에게 집중하는 것은 당연한 것이었습니다.

아니나 다를까 그는 해박했습니다. 회당장들의 요청 앞에 바울은 출
애굽 사건부터 시작하여 사사시대의 사무엘과 사울 왕, 그리고 다윗에
이르기까지 기막힌 역사의식과 해박한 지식으로 강론한 것입니다. 그
리고 그 이야기의 결론은 예수 그리스도였습니다.

"하나님이 약속하신 대로 이 사람의 후손에서 이스라엘을 위하여
구주를 세우셨으니 곧 예수라"(행13:23)

피할 수 없었습니다. 바울의 역사의식과 성경에 대한 해박한 지식이
복음을 증폭시킨 것입니다.

'바울의 선교가 성공한 이유는 성령의 역사와 함께 바울의 해박한 지
식과 관계있었습니다. 어떻게 생각하십니까?'

* Meditatio 묵상
오늘 말씀을 통하여 깨닫게 된 것을 짧게 적어보십시오.

우리가 놓쳤던 부분

* Lexio 읽기 / 사도행전 13:24-30
가능하면 오늘의 본문을 먼저 읽는 것이 좋지만 바로 아래 글을 읽어도 좋습니다. 충분히 본문을 이해하도록 배려하며 글을 썼습니다. 혹시 본문을 읽으신 분은 감동이 오는 말씀이나 단어 혹은 느낌을 간단히 적으시면 좋습니다.

"하나님이 약속하신 대로 이 사람의 후손에서 이스라엘을 위하여
구주를 세우셨으니 곧 예수라"(행13:23)

유대인들은 다윗적 메시야를 기다리고 있었습니다. 아니, 다윗의 자손이어야 정통성을 인정할 수 있었습니다. 바울은 그것을 알고 있었습니다. 그래서 바울이 강조한 것이 "이 사람", 곧 다윗의 후손이었습니다.

그 즈음에 이상한 일이 있었는데, 바로 세례 요한이었습니다. 세례 요한이 한 일은 광야에서 회개의 세례를 주는 것이었습니다. 사실 회개의 세례는 의미가 없었습니다. 이미 제사법은 죄 사함과 관계있는 것이었고 그들의 죄는 제사를 통하여 용서받고 있었기 때문입니다. 그런데 세례 요한이 회개의 세례를 준 것입니다.

'무엇을 회개하라는 것인가?'

유대인들이 세례 요한의 설교를 들으면서 던진 질문이었습니다. 스스로 죄인이라고 여기고, 제사를 드릴만한 충분한 돈이 없거나 형편이 안 되는 사람들을 위한 것이라고 생각도 할 수 있었지만 그들은 그렇게

생각할 수 없었습니다. 이미 형식적이 된 제사 행위, 로마의 식민지 상황, 가난함과 다윗 왕국의 멸망 등 이미 그들의 제사에 문제가 있다는 것을 그들은 알고 있었습니다. 그것은 암묵적인 동의였습니다. 유대인들이 광야로 세례 요한의 요청 앞에 순응한 이유였습니다.

'몸의 회개'가 필요했던 것입니다. 제물의 문제가 아니라 이미 무너질 대로 무너진 자신들의 몸과 생각이 문제라는 것을 알고 있었습니다. 그런데 바울이 그 세례 요한을 넘어 예수 그리스도를 설명한 것이었습니다.

'세례 요한은 그리스도가 아니다!'

곧 세례 요한의 회개 요청은 그리스도를 맞이할 준비라는 것을 바울이 강조한 것입니다.

"요한이 자기 사명을 다 마쳐 갈 무렵에 '당신들은 나를 누구라고 생각합니까? 나는 그리스도가 아닙니다. 그분은 내 뒤에 오실 터인데 나는 그분의 신발 끈을 풀어 드릴 자격조차 없는 사람입니다' 라고 말하였습니다."(공동번역/행13:25)

세례 요한이 시작이었고, 예수 그리스도가 끝이라는 말이었습니다. 기막힌 이야기였습니다.

'예수 그리스도를 맞이하는 방법은 죄를 자복하고 회개하는 것입니다. 우리가 놓쳤던 부분이 아닙니까?'

* Meditatio 묵상
오늘 말씀을 통하여 깨닫게 된 것을 짧게 적어보십시오.

기막힌 이야기

* Lexio 읽기 / 사도행전 13:31-41

가능하면 오늘의 본문을 먼저 읽는 것이 좋지만 바로 아래 글을 읽어도 좋습니다. 충분히 본
문을 이해하도록 배려하며 글을 썼습니다. 혹시 본문을 읽으신 분은 감동이 오는 말씀이나
단어 혹은 느낌을 간단히 적으시면 좋습니다.

> "성경에 그를 가리켜 기록한 말씀을 다 응하게 한 것이라 후에 나
> 무에서 내려다가 무덤에 두었으나 하나님이 죽은 자 가운데서 그
> 를 살리신지라"(행13:29-30)

'죽은 자 가운데서 살리셨다.' 사실 그들도 예수가 다시 살았다는 소
식을 들었지만 믿을 수 없었습니다. 메시야의 도래에 대한 기대를 유
대인들이 하고 있었지만 죽은 자의 부활과 관계있다고 모두가 동의하
고 있지 않았기 때문입니다. 그런 상황에서 바울의 설명은 충격적이었
습니다. 부활이 예언의 성취라는 설명을 하였기 때문입니다. 이를 위
해 바울은 구약의 여러 예언들을 제시하며 예수의 그리스도 되심과 부
활을 설명하였습니다. 바울의 설명에 의하면 부활의 강조는 '썩지 않음'
에 있었습니다.

> "주의 거룩한 자로 썩음을 당하지 않게 하시리라"
>
> (행13:35/참조: 시16:10)

'죽거나 썩는 것은 없다!' 죽지 않는다는 말이었습니다. 이 말은 예수님의 말씀을 그들의 상황에 맞게 설명한 것이었습니다. 그것이 우리가 얻는 구원의 핵심이고 영생의 의미라는 것이었습니다.

> "나는 부활이요 생명이니 나를 믿는 자는 죽어도 살겠고 무릇 살아서 나를 믿는 자는 영원히 죽지 아니하리니"(요11:25-26)

'죽지 않는다!' 그것은 죄 사함 받았다는 의미였습니다. 끝없이 죄에 대하여 고민하고 있던 유대인들과 그들의 반복적인 제사, 어느 날부터 알게 된 모세 율법과 제사의 한계를 넘어서는 해석이었습니다. 기막힌 이야기였습니다.

> "형제들아 너희가 알 것은 이 사람을 힘입어 죄 사함을 너희에게 전하는 이것이며 또 모세의 율법으로 너희가 의롭다 하심을 얻지 못하던 모든 일에도 이 사람을 힘입어 믿는 자마다 의롭다 하심을 얻는 이것이라"(행13:38-39)

'사실 사랑의 하나님을 만날 때마다 우리가 고민하는 부분은 죄의 심판에 대한 이야기입니다. 예수 그리스도의 십자가가 없다면 정말 힘든 이야기입니다. 그것을 바울이 설명한 것입니다. 하나님이 이해된 것입니다. 놀랍지 않습니까?'

* Meditatio 묵상
오늘 말씀을 통하여 깨닫게 된 것을 짧게 적어보십시오.

복음이 중요합니다

* Lexio 읽기 / 사도행전 13:42-52
가능하면 오늘의 본문을 먼저 읽는 것이 좋지만 바로 아래 글을 읽어도 좋습니다. 충분히 본문을 이해하도록 배려하며 글을 썼습니다. 혹시 본문을 읽으신 분은 감동이 오는 말씀이나 단어 혹은 느낌을 간단히 적으시면 좋습니다.

> "그 다음 안식일에는 온 시민이 거의 다 하나님의 말씀을 듣고자
> 하여 모이니"(행13:44)

바울의 기막힌 해석에 수많은 사람들이 설득당한 것입니다. 우리가 성경을 읽을 때 느꼈던 것보다 훨씬 강력한 설교였음을 충분히 짐작할 수 있습니다. 그런데 그렇게 모인 사람들의 대부분은 이방인들이었던 것으로 여겨집니다. 왜냐하면 유대인들이 그 광경을 시기했다는 기록 때문입니다.

> "유대인들이 그 무리를 보고 시기가 가득하여 바울이 말한 것을
> 반박하고 비방하거늘"(행13:45)

갑자기 유대인들이 역사의 중심에서 밀려나는 느낌이 들었을지도 모릅니다. 믿든 안 믿든 간에 유대인들은 그 같은 해석을 참을 수 없었습니다. 하지만 바울의 해석은 매우 분명했습니다.

> "하나님의 말씀을 마땅히 먼저 너희에게 전할 것이로되 너희가

그것을 버리고 영생을 얻기에 합당하지 않은 자로 자처하기로 우
리가 이방인에게로 향하노라"(행13:46)

이방인들은 이러한 하나님의 일하심을 당연히 기뻐하였습니다. 하지
만 유대인들은 바울과 바나바를 가만히 둘 수 없었습니다. 그들의 자존
심을 건들인 것이기 때문이었습니다.

"이에 유대인들이 경건한 귀부인들과 그 시내 유력자들을 선동하
여 바울과 바나바를 박해하게 하여 그 지역에서 쫓아내니"(행13:50)

하지만 바울과 바나바는 그들의 반응을 하찮게 여겼습니다. 제자들
에게 하신 말씀대로 그들은 자신들의 발의 먼지를 떨어 버리고 그 곳
을 떠났습니다. 바울은 복음을 받아들이지 않는 이들에게 사정할 이유
를 느끼지 못한 것이었습니다. 자랑스럽고 영광스러운 복음이었기 때
문이었습니다.

"두 사람이 그들을 향하여 발의 티끌을 떨어 버리고 이고니온으
로 가거늘"(행13:51)

가끔 우리에게도 필요한 태도입니다. 세상에 비굴하거나 세상을 두
려워할 이유는 없습니다. 우리가 그런 존재입니다.

'세상 앞에 선 나의 태도는 어떻습니까?'

* Meditatio 묵상
오늘 말씀을 통하여 깨닫게 된 것을 짧게 적어보십시오.

우리가 어떤 존재인데

* Lexio 읽기 / 사도행전 14:1-7

가능하면 오늘의 본문을 먼저 읽는 것이 좋지만 바로 아래 글을 읽어도 좋습니다. 충분히 본문을 이해하도록 배려하며 글을 썼습니다. 혹시 본문을 읽으신 분은 감동이 오는 말씀이나 단어 혹은 느낌을 간단히 적으시면 좋습니다.

"두 사람이 그들을 향하여 발의 티끌을 떨어 버리고 이고니온으로 가거늘"(행13:51)

그렇게 바울과 바나바는 비시디아 안디옥을 떠났습니다. 그리고 찾아간 이고니온에서도 바울은 똑같은 열정으로 복음을 전하였습니다. 역시 "유대와 헬라의 허다한 무리"(행14:1)가 복음을 받아들였습니다.

하지만 순종하지 않는 유대인들은 바울을 인정하지 않을 뿐 아니라 이방인들을 선동하여 예수를 믿으려는 것을 방해하고 악의를 품게 하였습니다. 물론 소용 없었습니다. 하나님이 돕고 계셨습니다.

"예수를 믿으려 하지 않는 유다인들은 이방인들을 선동하여 믿는 형제들에게 악의를 품게 하였다. 그러나 주께서는 그들에게 기적과 놀라운 일들을 행하게 하셔서 하나님의 은총에 관하여 그들이 전하는 말이 참되다는 것을 증명해 주셨다."(공동번역/행14:2-3)

어쩔 수 없이 예수를 믿는 이들과 믿지 않는 이들로 나눠질 수밖에 없었습니다. 물론 반대 세력의 저항은 더 컸습니다. 심지어 바울과 바나바를 죽이려는 움직임을 보였습니다.

> "그 시내의 무리가 나뉘어 유대인을 따르는 자도 있고... 이방인과 유대와 그 관리들이 두 사도를 모욕하며 돌로 치려고 달려드니"(행14:4-5)

바울과 바나바는 이 사실을 알고 피합니다. 그들 앞에서 장렬히 순교를 당할 수도 있었지만 말입니다. 엄밀하게 말해서 그들은 상대할 필요가 없는 이들이었습니다. 발에 먼지를 떨어 버리는 심정은 그들 존재의 무게를 말하는 것이기도 했습니다. 더욱이 아직 복음을 듣지 못한 사람들이 많이 있었습니다. 그 복음에 열광하고 희망과 평안을 누릴 기회를 얻어야 할 사람들이 많이 남아 있었습니다.

오늘날도 마찬가지입니다. 아직 제대로 복음을 듣지 못한 이들이 너무 많습니다. 그것이 우리가 살아야 하는 이유입니다.

'복음이 중요합니다. 박해와 방해를 받더라도 복음 중심의 삶이 중요합니다. 우선순위가 되어야 합니다.'

* Meditatio 묵상
오늘 말씀을 통하여 깨닫게 된 것을 짧게 적어보십시오.

바울이 펄쩍 뛴 이유

* Lexio 읽기 / 사도행전 14:8-18
가능하면 오늘의 본문을 먼저 읽는 것이 좋지만 바로 아래 글을 읽어도 좋습니다. 충분히 본문을 이해하도록 배려하며 글을 썼습니다. 혹시 본문을 읽으신 분은 감동이 오는 말씀이나 단어 혹은 느낌을 간단히 적으시면 좋습니다.

바울과 바나바가 루스드라에 왔을 때였습니다. 그 곳에서 나면서부터 발을 쓰지 못한 사람의 발을 고칩니다.

> "바울이 말하는 것을 듣거늘 바울이 주목하여 구원 받을 만한 믿음이 그에게 있는 것을 보고 큰 소리로 이르되 네 발로 바로 일어서라 하니 그 사람이 일어나 걷는지라"(행14:9-10)

보통 일이 아니었습니다. 루스드라 사람들은 바울과 바나바를 보면서 그리스 신화에 나오는 신들의 현현으로 여겼습니다.

> "신들이 사람의 형상으로 우리 가운데 내려오셨다"(행14:11)

구체적으로 사람들은 그들을 제우스, 헤르메스 신으로 여겼습니다. 그 상황은 일파만파로 퍼졌습니다. 급기야 제우스 신전의 제사장이 소와 화환을 가지고 그들에게 제사를 드리러 오는 일까지 벌어진 것입니다. 기막힌 반응이었습니다. 이 같은 반응에 바울과 바나바는 펄쩍 뛰었습니다.

> "두 사도 바나바와 바울이 듣고 옷을 찢고 무리 가운데 뛰어 들어
> 가서 소리 질러 이르되 여러분이여 어찌하여 이러한 일을 하느냐
> 우리도 여러분과 같은 성정을 가진 사람이라"(행14:14-15)

당연한 반응입니다. 바울과 바나바는 그들의 능력이 자신들이 가진 능력이 아니라 오로지 하나님에게서 나온 것임을 알고 있었기 때문입니다.

하지만 우리는 이런 경우에 은근히 자신을 신적인 위치로 높이는 것을 즐기거나 받아들입니다. 보통 사람들처럼 같은 성정을 가진 사람인데 말입니다. 그 유혹에 넘어가지 못하고 스스로를 높이고 힘을 사용하고 누립니다. 그것이 하나님의 강력한 은혜를 누리던 목사들이 무너지거나 세속적으로 변하는 이유입니다. 참 무서운 일입니다. 그래서 두 사람은 펄쩍 뛴 것입니다.

'그들의 태도가 지혜롭지 않습니까? 만일 나라면 어떻게 했겠습니까?'

* Meditatio 묵상
오늘 말씀을 통하여 깨닫게 된 것을 짧게 적어보십시오.

- -

- -

그렇게 생각하십시오

* Lexio 읽기 / 사도행전 14:19-28
가능하면 오늘의 본문을 먼저 읽는 것이 좋지만 바로 아래 글을 읽어도 좋습니다. 충분히 본문을 이해하도록 배려하며 글을 썼습니다. 혹시 본문을 읽으신 분은 감동이 오는 말씀이나 단어 혹은 느낌을 간단히 적으시면 좋습니다.

"여러분이여 어찌하여 이러한 일을 하느냐 우리도 여러분과 같은
성정을 가진 사람이라"(행14:15)

엄청난 반응 앞에 바울이 말한 내용은 간단했습니다. "여러분과 같은 성정을 가진 사람"이라는 말이었습니다. 순식간에 바울과 바나바의 신비감은 사라진 것이나 마찬가지였습니다. 만일 이러한 말 대신에 단순히 침묵만 했어도 루스드라 사람들은 그들을 엄청나게 추앙하며 대접했을 것입니다. 하지만 그들은 그렇지 않았습니다.

그들은 진정 "사람"이었기 때문입니다. 이미 놀라운 하나님의 사람이었지만 조금도 자신을 드러낼 마음이 없었던 것입니다. 드러내거나 알려지는 것, 대우받는 것에는 관심이 없었던 것입니다. 그리스도 예수를 아는 지식이 가장 아름답기 때문이었습니다.

"모든 것을 해로 여김은 내 주 그리스도 예수를 아는 지식이 가장
고상하기 때문이라 내가 그를 위하여 모든 것을 잃어버리고 배설
물로 여김은"(빌3:8)

신비감이 사라져버린 바울과 바나바가 만난 것은 안디옥과 이고니온에서 온 반(反) 바울 세력이었습니다. 그들의 선동과 공격 앞에 바울은 거의 죽을 뻔 했습니다. 아니, 죽은 것처럼 보였습니다. 그들이 바울을 성 밖으로 버렸기 때문입니다.

> "유대인들이 안디옥과 이고니온에서 와서 무리를 충동하니 그들
> 이 돌로 바울을 쳐서 죽은 줄로 알고 시외로 끌어 내치니라"
> (행14:19)

그런데 다행히 죽지 않았습니다. 하지만 엄청난 고통 가운데 있었을 것입니다. 그럼에도 불구하고 그가 일어났을 때 바울이 한 것은 다시 복음을 전하는 것이었습니다.

> "바울이 일어나 그 성에 들어갔다가 이튿날 바나바와 함께 더베
> 로 가서 복음을 그 성에서 전하여"(행14:20–21)

바울이 이렇게 반응한 이유는 너무나 간단했습니다.

> "우리가 하나님의 나라에 들어가려면 많은 환난을 겪어야 할 것
> 이라"(행14:22)

'주를 따르는 일에는 환난이 있습니다. 고난이 있습니다. 하지만 지금 우리의 삶을 주를 위해 고난당하는 삶이라고 말할 수가 있겠습니까?'

* Meditatio 묵상
오늘 말씀을 통하여 깨닫게 된 것을 짧게 적어보십시오.

제6부

열정과 임재

바울의 겸손

* Lexio 읽기 / 사도행전 15:1-5

가능하면 오늘의 본문을 먼저 읽는 것이 좋지만 바로 아래 글을 읽어도 좋습니다. 충분히 본문을 이해하도록 배려하며 글을 썼습니다. 혹시 본문을 읽으신 분은 감동이 오는 말씀이나 단어 혹은 느낌을 간단히 적으시면 좋습니다.

"거기서 배 타고 안디옥에 이르니 이 곳은 두 사도가 이룬 그 일
을 위하여 전에 하나님의 은혜에 부탁하던 곳이라"(행14:26)

1차 전도여행은 이렇게 끝났고 안디옥에서 잠시 휴식을 취하고 있었습니다. 그런데 돌발 상황이 발생하였습니다. 유대로부터 온 사람들이 문제를 제기한 것입니다. 크리스천이 되려면 먼저 '모세의 법대로 할례를 받고' 믿어야 한다는 주장이었습니다.

"너희가 모세의 법대로 할례를 받지 아니하면 능히 구원을 받지
못하리라"(행15:1)

이러한 주장은 설득력이 있었습니다. 자세히 기록되지는 않았지만 그들이 예루살렘의 사도들의 가르침을 받은 자들이었다면 더 심각했을 것입니다. 그럴 가능성은 충분했습니다.

이 갈등은 쉽게 정리되지 않았습니다. 다툼과 격론이 벌어졌고 누군

가의 정리가 필요했습니다. 예루살렘에 있는 사도들의 인정이 필요하게 되었습니다. 그렇지 않을 경우 다른 지역에서도 충분히 벌어질 수 있는 일이었습니다. 결국 교회가 결정한 것은 예루살렘 교회의 추인을 받기 위해 바울과 바나바를 예루살렘으로 보내는 것이었습니다.

> "형제들이 이 문제에 대하여 바울과 바나바와 및 그 중의 몇 사
> 람을 예루살렘에 있는 사도와 장로들에게 보내기로 작정하니라"
>
> (행15:2)

여기서 매우 중요한 사실을 알게 되는데, 그것은 바울이 아직도 불안한 리더십과 의심받는 사도의 상황에 있다는 점입니다.

이 상황에서 바울은 교회의 권면을 받아 예루살렘 교회의 인정을 받는 것을 결정하였습니다. 주님으로부터 직접 사도직을 받았지만 말입니다. 바울의 새로운 모습입니다. 기존 권위를 인정하는 태도의 겸손함 같은 것 말입니다.

'바울의 태도가 어떻게 보이십니까?'

* Meditatio 묵상
오늘 말씀을 통하여 깨닫게 된 것을 짧게 적어보십시오.

이미 차이가 없다!

* Lexio 읽기 / 사도행전 15:6–11
가능하면 오늘의 본문을 먼저 읽는 것이 좋지만 바로 아래 글을 읽어도 좋습니다. 충분히 본문을 이해하도록 배려하며 글을 썼습니다. 혹시 본문을 읽으신 분은 감동이 오는 말씀이나 단어 혹은 느낌을 간단히 적으시면 좋습니다.

"예루살렘에 이르러 교회와 사도와 장로들에게 영접을 받고 하나
님이 자기들과 함께 계셔 행하신 모든 일을 말하매"(행15:4)

바울과 바나바가 예루살렘에 도착해서 사도들과 성도들을 만났지만 분위기는 좋지 않았습니다. 특히 바리새파 출신 크리스천들이 강력히 문제를 제기하였습니다.

"바리새파 중에 어떤 믿는 사람들이 일어나 말하되 이방인에게
할례를 행하고 모세의 율법을 지키라 명하는 것이 마땅하다 하
니라"(행15:5)

사도들은 이 문제에 대한 입장을 정리하기 위하여 사도회의로 모였습니다. 당연히 "많은 변론"(행15:7)이 있었습니다. 의견이 분분했다는 뜻입니다. 그때 예수의 수제자로 여겨지던 베드로가 말을 꺼냈습니다. 이야기의 요지는 간단했습니다.

'이방인들이 믿는 것은 하나님의 뜻이다. 이를 위해 나를 택하셔서 말씀을 전하게 하셨고 우리에게와 똑같이 그들에게도 성령을 주셨다.'

이미 베드로는 고넬료 집 사건을 통하여 경험하였었고 제자들 역시 고넬료 사건을 두고 토론 끝에 어느 정도 동의가 이루어진 상황이었습니다. 그리고 이어 베드로가 중요한 말을 꺼내었습니다.

> "믿음으로 그들의 마음을 깨끗이 하사 그들이나 우리나 차별하지
> 아니하셨느니라"(행15:9)

'이미 차이가 없다!' 그러므로 계속해서 율법과 할례를 요구하는 것은 "하나님을 시험하여... 멍에를 제자들의 목에"(행15:10) 두는 것이라고 규정한 것입니다. 강력한 것이었습니다. 이미 주님은 율법이 아니라 믿음으로 구원에 이르는 길을 열어 놓으셨다고 선포한 것입니다. 이것은 유대인의 선민의식을 내려놓는 일대 사건이었습니다.

> "우리는 그들이 우리와 동일하게 주 예수의 은혜로 구원 받는 줄
> 을 믿노라"(행15:11)

'성령께서 보여주시고 역사하신 것을 보면서 베드로는 변해있었습니다. 좋지 않습니까?'

* Meditatio 묵상
오늘 말씀을 통하여 깨닫게 된 것을 짧게 적어보십시오

이런 교회입니까?

* Lexio 읽기 / 사도행전 15:12-21

가능하면 오늘의 본문을 먼저 읽는 것이 좋지만 바로 아래 글을 읽어도 좋습니다. 충분히 본문을 이해하도록 배려하며 글을 썼습니다. 혹시 본문을 읽으신 분은 감동이 오는 말씀이나 단어 혹은 느낌을 간단히 적으시면 좋습니다.

"우리는 그들이 우리와 동일하게 주 예수의 은혜로 구원 받는 줄을 믿노라"(행15:11)

베드로의 변론 이후 바울과 바나바에게 최후 소명이 주어졌습니다. 이들의 소명에 대한 사도들의 반응은 "가만히" 있는 것이었습니다. 베드로가 지적한 것처럼 하나님께서 하신 일이 분명했기 때문입니다.

"온 무리가 가만히 있어 바나바와 바울이 하나님께서 자기들로 말미암아 이방인 중에서 행하신 표적과 기사에 관하여 말하는 것을 듣더니"(행15:12)

모든 변론이 끝난 후 사도회의의 대표격인 야고보가 정리하여 최종 결정을 내렸습니다. 그것은 바울과 바나바를 공식적으로 인정하고 받아들이는 것이었습니다. 다수결로 결정한 것이 아니었습니다. 오히려 그들은 하나님 말씀의 성취로 이해했습니다. 야고보가 구약의 예언된 말씀으로 이 문제를 정리한 것입니다.

"선지자들의 말씀이 이와 일치하도다 기록된 바 이 후에 내가 돌
아와서 다윗의 무너진 장막을 다시 지으며 또 그 허물어진 것을
다시 지어 일으키리니 이는 그 남은 사람들과 내 이름으로 일컬
음을 받는 모든 이방인들로 주를 찾게 하려 함이라"

(행15:15-17/참조: 암9:11-12)

너무 쉬운 결정이었습니다. 하지만 당연한 것이었습니다. 말씀에 기
초한 교회라면 누구나 결정할 수 있는 일이었습니다. 말씀으로 문제를
바라보는 교회, 말씀에 민감하게 반응하는 교회, 바로 그 교회가 초대
교회였습니다.

그렇다고 해서 모든 좋은 전통과 법을 다 무시하는 것은 아니었습니
다. 금해야 할 것을 정확하게 제시하였습니다.

"다만 우상의 더러운 것과 음행과 목매어 죽인 것과 피를 멀리하
라고 편지하는 것이 옳으니"(행15:20)

혁신과 개혁이 옛 것을 모두 폐기하는 것이 아니라 지키는 것도 있
어야 한다는 중요한 제안이었습니다. 균형과 조화, 보수와 개혁이 함께
하는 것이었습니다.

'이런 교회, 이런 지도자, 이런 크리스천이십니까?'

* Meditatio 묵상
오늘 말씀을 통하여 깨닫게 된 것을 짧게 적어보십시오.

즐거운 편지

* Lexio 읽기 / 사도행전 15:22–35
가능하면 오늘의 본문을 먼저 읽는 것이 좋지만 바로 아래 글을 읽어도 좋습니다. 충분히 본문을 이해하도록 배려하며 글을 썼습니다. 혹시 본문을 읽으신 분은 감동이 오는 말씀이나 단어 혹은 느낌을 간단히 적으시면 좋습니다.

"이에 사도와 장로와 온 교회가 그 중에서 사람들을 택하여 바울과 바나바와 함께 안디옥으로 보내기를 결정하니 곧 형제 중에 인도자인 바사바라 하는 유다와 실라더라"(행15:22)

이것이 예루살렘 사도회의 결정이었습니다. 사도들을 대신하는 특사로 교회의 중요 지도자들이었던 유다와 실라를 보내는 것이었습니다. 그들의 손에는 사도들의 편지가 들려있었습니다.

드디어 유다와 실라가 바울과 바나바와 함께 안디옥에 돌아와서 교회 지체들을 모아놓고 사도회의 결정이 담긴 편지를 읽을 때였습니다. 그것은 대단한 위로였습니다.

"그들이 작별하고 안디옥에 내려가 무리를 모은 후에 편지를 전하니 읽고 그 위로한 말을 기뻐하더라"(행15:30–31)

당신이 보내주신 편지를 읽었습니다
즐거웠습니다

내용은 별로 중요하지 않았습니다
당신이 써내려간 글씨가 사랑스러웠습니다
웃음이 나왔습니다

음, 편지지의 냄새
당신이 느껴져서 혼났습니다
당신이 생각나서 혼났습니다

즐거운 편지였습니다
사랑스러운 편지,
고맙습니다

즐거운 편지였습니다. 사람들을 살리고 힘을 주는 편지였습니다. 먼 길을 걸어왔던 유다와 실라는 편지를 읽어주고 다시 예루살렘으로 돌아갑니다. 사람이 편지였습니다. 그리고 바울과 바나바는 다시 복음을 전하기 시작하였습니다. 모든 것이 회복된 것입니다.

'편지를 써보십시오. 사람들을 행복하게 할 것입니다. 힘들다면 당신이 편지가 되십시오. 얼마나 멋있겠습니까?'

* Meditatio 묵상
오늘 말씀을 통하여 깨닫게 된 것을 짧게 적어보십시오.

복음의 전선은 흔들리지 않았다

* Lexio 읽기 / 사도행전 15:36-41

가능하면 오늘의 본문을 먼저 읽는 것이 좋지만 바로 아래 글을 읽어도 좋습니다. 충분히 본문을 이해하도록 배려하며 글을 썼습니다. 혹시 본문을 읽으신 분은 감동이 오는 말씀이나 단어 혹은 느낌을 간단히 적으시면 좋습니다.

"바울과 바나바는 안디옥에서 유하며 수다한 다른 사람들과 함께
주의 말씀을 가르치며 전파하니라"(행15:35)

그동안 불안했던 바울의 위치와 복음의 타당성, 그 모든 것들이 예루살렘 사도회의 결정 후 안정되었습니다. 바울이나 교회에게 남은 것은 복음 중심의 삶뿐이었습니다.

어느 정도 시간이 흐른 까닭에 바울은 1차 전도여행을 다녔던 지역이 궁금해졌습니다. 그래서 바나바에게 제안하였습니다.

"며칠 후에 바울이 바나바더러 말하되 우리가 주의 말씀을 전한
각 성으로 다시 가서 형제들이 어떠한가 방문하자"(행15:36)

바나바는 쉽게 동의하였습니다. 그런데 이상한 문제가 터졌습니다. 1차 전도여행에 참여했었지만 도중에 이탈했던 마가를 데려가는 문제에 의견 차이가 생긴 것입니다. 바나바와는 달리 바울은 마가의 동행을

완강하게 거부한 것입니다. 단순한 의견 차이가 아니라 서로 도무지 수용할 수 없는 상황으로 전개되었습니다. 결국 바울과 바나바는 결별을 택하였습니다.

> "서로 심히 다투어 피차 갈라서니 바나바는 마가를 데리고 배 타고 구브로로 가고 바울은 실라를 택한 후에 형제들에게 주의 은혜에 부탁함을 받고 떠나"(행15:39-40)

참 기막힌 이야기입니다. 바울과 바나바가 서로 심히 싸워 갈라졌으니 말입니다. 그래서 위로가 됩니다. 싸울 수도 있기 때문입니다. 갈라설 수도 있기 때문입니다.

하지만 잊지 말아야 할 것이 있습니다. 그것은 복음의 방향성입니다. 복음이 끝나지 않았다는 점입니다. 바울과 바나바는 계속 복음을 전하는 길에 들어섰습니다. 그들이 다툰 것은 복음에 대한 것이 아니었습니다. 다툼이 있었다는 것, 그러나 복음의 전선은 흔들리지 않았다는 것이 위로가 됩니다.

'싸울 수는 있지만 주의 일이 방해되어서는 안 된다!' 어떻게 바라보십니까?'

* Meditatio **묵상**
오늘 말씀을 통하여 깨닫게 된 것을 짧게 적어보십시오.

바울이 디모데를 만나다

* Lexio 읽기 / 사도행전 16:1-5
가능하면 오늘의 본문을 먼저 읽는 것이 좋지만 바로 아래 글을 읽어도 좋습니다. 충분히 본
문을 이해하도록 배려하며 글을 썼습니다. 혹시 본문을 읽으신 분은 감동이 오는 말씀이나
단어 혹은 느낌을 간단히 적으시면 좋습니다.

> "서로 심히 다투어 피차 갈라서니 바나바는 마가를 데리고 배 타
> 고 구브로로 가고 바울은 실라를 택한 후에 형제들에게 주의 은
> 혜에 부탁함을 받고 떠나"(행15:39-40)

'바울과 바나바가 갈라서다!' 일방적으로 생각해서 바나바가 모두 잘
못한 것이라고 말을 해도 바울에게는 매우 치명적인 일이었습니다. 예
루살렘의 의심을 끝없이 변호하고 도와줬던 이가 바나바였고, 이방인
사역을 잘 할 수 있도록 실제적으로 멘토로 도운 이가 바나바였기 때문
입니다. 단순한 동역자가 아니라 선생이고 친구였습니다. 그런데 그런
바나바와 갈라선 것입니다.

그 후 떠난 2차 전도여행, 1차 전도여행에 갔었던 루스드라에 들렸을
때 바울은 매우 중요한 사람을 만납니다. 바로 디모데였습니다.

> "바울이 더베와 루스드라에도 이르매 거기 디모데라 하는 제자
> 가 있으니 그 어머니는 믿는 유대 여자요 아버지는 헬라인이라"
> (행16:1)

이후로 바울의 사역에 디모데는 매우 중요한 역할을 합니다. 그 역할
이란 바울의 부족한 사역의 부분을 돕는 그런 것을 말하는 것이 아닙
니다. 인간 바울이 가질 수 있는 외로움과 그리움의 영역을 채우는 역
할이었습니다. 특히 독신으로 사역을 하고 있었던 바울에게 디모데는
중요했습니다. 바울이 얼마나 디모데를 사랑했는지 바울은 그를 "아
들"(딤전1:2,18;딤후1:2)이라고 불렀습니다.

바울에게 디모데가 얼마나 위로가 되었는지는 그가 로마의 감옥에
갇혔을 때 바울이 디모데를 찾는 이야기에서 그 감정이 느껴집니다.

> "너는 어서 속히 내게로 오라 데마는 이 세상을 사랑하여 나를 버
> 리고 데살로니가로 갔고… 누가만 나와 함께 있느니라… 너는
> 겨울 전에 어서 오라"(딤후4:9~11,21)

디모데는 바울로 하여금 사역을 계속 할 수 있는 힘이었던 것입니다.

'나에게 힘이 되는 영적인 가족들은 누가 있습니까?'

* Meditatio 묵상
오늘 말씀을 통하여 깨닫게 된 것을 짧게 적어보십시오.

바울의 열정

* Lexio 읽기 / 사도행전 16:6-10
가능하면 오늘의 본문을 먼저 읽는 것이 좋지만 바로 아래 글을 읽어도 좋습니다. 충분히 본
문을 이해하도록 배려하며 글을 썼습니다. 혹시 본문을 읽으신 분은 감동이 오는 말씀이나
단어 혹은 느낌을 간단히 적으시면 좋습니다.

1차 전도여행과 예루살렘 방문을 마치고 온 후 바울이 바나바와 함께 떠나려고 했던 2차 전도여행은 마가의 문제로 "심히 다투어"(행 15:39) 헤어져 출발해야 했습니다. 출발부터 유쾌하지 않은 시작이었습니다. 그런 까닭이었는지 몰라도 바울의 여행은 어디로 가야할 지도 모르는 여행이었습니다. 어쩌면 주님의 응답도 정확하게 받지 않은 채 떠난 여행이었을지도 모릅니다.

바울의 전도계획은 계속 차질을 빚었습니다. 그 같은 차질의 원인은 주님이셨습니다. 주님께서 막으신 것입니다. 처음 몇 개의 성은 괜찮은 듯 보였습니다. 하지만 갑자기 성령께서 바울의 여행을 막아섰습니다.

"성령이 아시아에서 말씀을 전하지 못하게 하시거늘"(행16:6)

그러나 바울은 아랑곳하지 않았습니다. 바울은 아시아에서 복음 전하는 것이 막히자 방향을 선회하였습니다. 바울은 브루기아와 갈라디아, 무시아 땅을 지나 비두니아 쪽으로 가기로 결정합니다. 하지만 주

님은 그 길도 막으셨습니다.

> "못하게 하시거늘 브루기아와 갈라디아 땅으로 다녀가 무시아 앞
> 에 이르러 비두니아로 가고자 애쓰되 예수의 영이 허락지 아니하
> 시는지라"(행16:6-7)

바울은 비두니아로 가는 것이 막히자 무시아 지방을 지나 드로아로 내려갔습니다. 그제야 비로소 바울은 주님께서 허락하신 환상을 보게 됩니다. 이제 응답하신 것입니다. 유명한 마게도냐인 환상이었습니다.

> "무시아를 지나 드로아로 내려갔는데 밤에 환상이 바울에게 보이
> 니 마게도냐 사람 하나가 서서 그에게 청하여 이르되 마게도냐로
> 건너와서 우리를 도우라"(행16:8-9)

갑갑했을지도 모르는 바울의 사역이 열리는 순간이었습니다. 조급하고 아직도 혈기가 살아있는 바울이었지만 그의 열정을 주님께서 받으신 것입니다. 소아시아를 넘어 유럽으로 넘어가는 순간이었습니다.

'우리의 사역이 막히고 갑갑해질 때 어떻게 반응해야 하는지를 보여주는 사건입니다. 이해하셨습니까?'

* Meditatio 묵상
오늘 말씀을 통하여 깨닫게 된 것을 짧게 적어보십시오.

기도할 때에 보인다

* Lexio 읽기 / 사도행전 16:11-18

가능하면 오늘의 본문을 먼저 읽는 것이 좋지만 바로 아래 글을 읽어도 좋습니다. 충분히 본
문을 이해하도록 배려하며 글을 썼습니다. 혹시 본문을 읽으신 분은 감동이 오는 말씀이나
단어 혹은 느낌을 간단히 적으시면 좋습니다.

> "마게도냐 사람 하나가 서서 그에게 청하여 이르되 마게도냐로
> 건너와서 우리를 도우라"(행16:9)

바나바와 결별한 후 떠난 2차 전도여행이 방향을 잃고 계속 헤매던
중 주님께서 보여주셨던 마게도냐 사람 환상은 바울을 살리는 것이었
습니다. 비전이 사람을 살리는 순간이었습니다. 그리고 만난 마게도냐
의 첫 성이 빌립보였습니다. 바나바 없이 독립적으로 처음 만난 낯선
곳이었습니다.

첫 만남, 첫 전도자와의 만남은 안식일 날 기도할 곳을 찾아 강가
로 나갔다가 만난 여자들, 그 중에서도 자색 옷감 장사를 하고 있던 여
인 루디아였습니다. 그녀가 복음을 받아들인 것입니다. 그것만이 아니
라 그녀의 온 집안이 모두 예수를 영접하고 세례를 받습니다. 첫 열매
였습니다.

> "하나님을 섬기는 루디아라 하는 한 여자가 말을 듣고 있을 때 주

께서 그 마음을 열어 바울의 말을 따르게 하신지라 그와 그 집이
다 세례를 받고"(행16:14-15)

빌립보에서 만난 두 번째 사람은 귀신 들린 여종이었습니다. 역시 "기도하는 곳에 가다가"(행16:16) 만난 여인이었습니다. 그 여종의 주인은 귀신 들린 상태를 이용하여 이득을 취하고 있었습니다. 하지만 정작 귀신 들린 여인은 늘 괴로운 상태에 있었습니다. 그런 여인을 바울이 고친 것입니다. 이 여인이 두 번째 만난 마게도냐 전도의 열매였습니다.

이 두 가지 경우에서 우리는 한 가지 공통점을 찾을 수 있습니다. 루디아나 귀신 들린 여인을 만나는 시점이 기도하러 갈 때라는 점입니다.

"안식일에 우리가 기도할 곳이 있을까 하여… 우리가 기도하는
곳에 가다가"(행16:13,16)

하나님께서 일하시는 방법이었습니다. 비록 사역은 우리가 하는 것이지만 이것은 우리의 사역이 아니라 하나님의 사역이기 때문입니다. 기도할 때 밝히 보이는 이유입니다.

'하나님의 뜻은 기도할 때에 보인다는 것을 아십니까?'

* Meditatio 묵상
오늘 말씀을 통하여 깨닫게 된 것을 짧게 적어보십시오.

한밤중에 드린 기도와 찬송

* Lexio 읽기 / 사도행전 16:19~26

가능하면 오늘의 본문을 먼저 읽는 것이 좋지만 바로 아래 글을 읽어도 좋습니다. 충분히 본문을 이해하도록 배려하며 글을 썼습니다. 혹시 본문을 읽으신 분은 감동이 오는 말씀이나 단어 혹은 느낌을 간단히 적으시면 좋습니다.

> "바울이 심히 괴로워하여 돌이켜 그 귀신에게 이르되 예수 그리
> 스도의 이름으로 내가 네게 명하노니 그에게서 나오라 하니 귀신
> 이 즉시 나오니라"(행16:18)

귀신 들린 여종을 고친 것 때문에 바울과 실라는 붙잡혀 갑니다. 고발의 죄목은 받아들일 수 없는 이상한 풍속을 전한다는 것이었습니다. 하지만 실제로는 귀신 들린 여종을 통해 수익을 얻던 주인이 더 이상 수익을 얻지 못하게 되자 고소한 것이었습니다.

낯선 지역에서 바울이 만나야했던 의외의 상황이었습니다. 바울과 실라는 일방적으로 당할 수밖에 없었습니다.

> "무리가 일제히 일어나 고발하니 상관들이 옷을 찢어 벗기고 매
> 로 치라 하여 많이 친 후에 옥에 가두고 간수에게 명하여 든든히
> 지키라 하니"(행16:22~23)

분명 바울과 실라는 당황스러웠을 것입니다. 그들이 갇힌 곳은 깊은 옥이었고 발에는 차꼬가 채워져 있었습니다. 그리고 한밤중이 되었습니다. 정황상 몹시 매를 맞고 정신을 잃었다가 한밤중이 되어서야 정신을 찾은 것으로 보입니다.

바로 그때였습니다. 바울이 한 것은 놀랍게도 기도와 찬송이었습니다. 그리고 그것을 죄수들이 듣고 있었습니다.

> "그들을 깊은 옥에 가두고 그 발을 차꼬에 든든히 채웠더니 한밤
> 중에 바울과 실라가 기도하고 하나님을 찬송하매 죄수들이 듣더
> 라"(행16:24-25)

'한밤중에 기도하고 찬송하였다!' 쉬운 일이 아닙니다. 하지만 그들의 기도와 찬송은 하나님을 신뢰함에서 흘러나오는 것이었습니다. 그때 벌어진 것이 차꼬가 풀리고 옥문이 열리는 기적이었습니다. 참 근사한 일입니다. 하지만 여기서 가장 중요하게 바라봐야 하는 것은 '한밤중에 드린 기도와 찬송'입니다. 그들의 신앙이었습니다. 하나님은 그들의 신앙에 응답한 것이었습니다. 마게도냐의 첫 성 빌립보에서 벌어진 일이었습니다.

'고통과 환난을 당할 때 당신은 어떻게 하셨습니까?'

* Meditatio 묵상
오늘 말씀을 통하여 깨닫게 된 것을 짧게 적어보십시오.

- -

- -

기막힌 광경

* Lexio 읽기 / 사도행전 16:27-34
가능하면 오늘의 본문을 먼저 읽는 것이 좋지만 바로 아래 글을 읽어도 좋습니다. 충분히 본문을 이해하도록 배려하며 글을 썼습니다. 혹시 본문을 읽으신 분은 감동이 오는 말씀이나 단어 혹은 느낌을 간단히 적으시면 좋습니다.

> "그들을 깊은 옥에 가두고 그 발을 차꼬에 든든히 채웠더니 한밤
> 중에 바울과 실라가 기도하고 하나님을 찬송하매 죄수들이 듣더
> 라"(행16:24-25)

바로 그때 차꼬가 풀리고 옥문이 열리는 기적이 일어났습니다. 단순히 바울과 실라의 차꼬만이 아니라 모든 죄수들의 차꼬가 다 풀린 것이었습니다.

어느 정도 시간이 지났는지 모르지만 간수가 자다가 깨었을 때 옥문이 모두 열린 것을 보았습니다. 순간 모든 죄수들이 도망갔을 것으로 생각했습니다. 그것이 일반적인 것이니까 말입니다. 간수는 죽은 목숨이라 생각하고 자살하려고 하였습니다. 그때 던진 바울의 말이 기막힌 말이었습니다.

> "네 몸을 상하지 말라 우리가 다 여기 있노라"(행16:28)

160

'우리가 다 여기 있다'는 말은 죄수들도 도망치지 않았다는 말이었습니다. 바울과 실라, 그리고 그들과 아무 관계도 없는 죄수들도 도망치지 않은 이유는 그들 역시 한밤중에 바울과 실라가 기도하고 찬송하는 소리를 들었으며 옥문이 열리고 차꼬가 풀리는 것을 보았기 때문이었습니다.

갈 곳이 없었습니다. 바로 그 곳이 하나님 나라가 이루어진 곳이었기 때문입니다. 그 기막힌 광경을 바라보는 간수가 던질 말은 이것 밖에 없었습니다.

"선생들이여 내가 어떻게 하여야 구원을 받으리이까"(행16:30)

바울은 그 답을 알고 있었습니다. 그 답을 꺼냈습니다.

"주 예수를 믿으라 그리하면 너와 네 집이 구원을 받으리라"

(행16:31)

얼마나 기막힌 광경입니까? 다음 장면은 이야기할 것도 없습니다. 그 복음을 보고 들은 자들이 택할 다음 차례는 무엇이었겠습니까?

'나의 삶은 어떻습니까? 흉내라도 낼 수 있겠습니까?'

* Meditatio 묵상
오늘 말씀을 통하여 깨닫게 된 것을 짧게 적어보십시오.

하나님과 함께 하는 사람

* Lexio 읽기 / 사도행전 16:35-40
가능하면 오늘의 본문을 먼저 읽는 것이 좋지만 바로 아래 글을 읽어도 좋습니다. 충분히 본
문을 이해하도록 배려하며 글을 썼습니다. 혹시 본문을 읽으신 분은 감동이 오는 말씀이나
단어 혹은 느낌을 간단히 적으시면 좋습니다.

"그 밤 그 시각에 간수가 그들을 데려다가 그 맞은 자리를 씻어
주고 자기와 그 온 가족이 다 세례를 받은 후 그들을 데리고 자기
집에 올라가서 음식을 차려 주고 그와 온 집안이 하나님을 믿으
므로 크게 기뻐하니라"(행16:33-34)

　간수는 무모해 보일만큼 담대한 결정을 하였습니다. 바울과 실라를
자신의 집으로 초청한 것입니다. 그리고 간수는 그들을 치료해준 후 온
가족이 세례 받게 하였습니다. 아직 위에서 어떤 결정도 내리지 않은
상태에서 간수가 한 행동은 분명 위험한 것이었습니다. 어떤 의미에서
목숨을 건 행동이었습니다. 그러니까 예수를 믿는 것은 목숨을 걸만큼
위대한 행위임을 말하는 것입니다. 참으로 그렇습니다.

　날이 밝았습니다. 전체 정황상 바울과 실라는 다시 감옥으로 간 것으
로 보입니다. 그리고 그 아침에 상관들이 바울과 실라의 방면을 지시하
였습니다. 그렇게 붙잡아둘 만큼 대단한 죄가 아니라는 것을 알았던 것
으로 보입니다. 하지만 이런 결정에 발끈한 쪽은 바울이었습니다.

"로마 사람인 우리를 죄도 정하지 아니하고 공중 앞에서 때리고
옥에 가두었다가 이제는 가만히 내보내고자 하느냐 아니라 그들
이 친히 와서 우리를 데리고 나가야 하리라"(행16:37)

'로마 사람이다!' 상관들은 로마인이라는 소리를 듣고 두려워하였습
니다. 그들은 바울의 이야기를 듣고 와서 정중히 사과하고 도시를 떠나
달라고 간청합니다. 결국 그들은 그 곳을 떠나지만, 그 전에 리디아의
집으로 가서 걱정했을 그들을 위로하고 빌립보를 떠납니다.

우리는 바울이 어떤 경우에도 당당했음을 봅니다. 진실로 하나님의
사람임을 말하는 것이었습니다. 그렇습니다. 두려운 상황에서 두려워
하지 아니하고, 두려운 상황에서도 누군가 고통당할 자를 돌아보고(간
수), 아파하는 자들을 위로하고(리디아의 집), 그들 중심으로 생각하는
사람이었습니다. 하나님과 함께 하는 사람이었습니다.

'하나님 앞에 선 자의 삶을 살았습니다. 어떻게 생각하십니까?'

* Meditatio 묵상
오늘 말씀을 통하여 깨닫게 된 것을 짧게 적어보십시오.

제 7 부

바울의 힘

천하를 어지럽게 하다!

* Lexio 읽기 / 사도행전 17:1–9

가능하면 오늘의 본문을 먼저 읽는 것이 좋지만 바로 아래 글을 읽어도 좋습니다. 충분히 본문을 이해하도록 배려하며 글을 썼습니다. 혹시 본문을 읽으신 분은 감동이 오는 말씀이나 단어 혹은 느낌을 간단히 적으시면 좋습니다.

> "그들이 암비볼리와 아볼로니아로 다녀가 데살로니가에 이르니
> 거기 유대인의 회당이 있는지라"(행17:1)

마게도냐의 첫 성 빌립보를 떠나서 바울 일행은 암비볼리, 아볼로니아를 지나 데살로니가에 이르렀습니다. 바울은 그 곳 회당에서 세 주간에 걸쳐 늘 하던 대로 성경을 강론하였습니다. 그의 성경 해석의 결론은 그리스도였습니다.

> "성경을 가지고 강론하며 뜻을 풀어 그리스도가 해를 받고 죽은
> 자 가운데서 다시 살아나야 할 것을 증언하고 이르되 내가 너희
> 에게 전하는 이 예수가 곧 그리스도라"(행17:2–3)

이러한 바울의 가르침에 적지 않은 사람들이 바울과 실라를 따랐습니다. 그러나 이 상황을 유대인들이 좌시하고만 있지 않았습니다. 어떤 방식으로든 바울의 전도를 막아야 된다고 생각한 그들은 바울이 묵고 있었던 것으로 보이는 야손의 집을 습격하였습니다. 하지만 그들의 뜻

대로 바울 일행을 찾지 못하자 그들은 야손과 몇 명의 형제들을 읍장들 앞으로 끌고 갔습니다. 죄목은 반역죄였습니다.

"야손이 그들을 맞아 들였도다 이 사람들이 다 가이사의 명을 거
역하여 말하되 다른 임금 곧 예수라 하는 이가 있다 하더이다"
(행17:7)

물론 대단한 것이 아니란 것을 알았던 관리들이 보석금을 받고 풀어 주는 일로 끝났지만 그들이 반역죄로 야손 일행을 데리고 오면서 소리 치던 말은 중요하다고 생각합니다.

"천하를 어지럽게 하던 이 사람들이 여기도 이르매"(행17:6)

'천하를 어지럽게 하다!' 사실 옳은 말이었습니다. 그리스도의 복음이 전해지는 곳에 변혁과 혁명이 일어나는 것은 당연한 것이기 때문입니다. 주님은 모든 사람이 찾는 길 자체이시기 때문입니다. 당연히 그동 안 따르던 세상의 길을 버리는 현상이 나타나기 때문입니다.

'예수를 만난 후 혁명적 사건이 자신 안에서 일어났습니까? 경험하 셨습니까?'

* Meditatio 묵상
오늘 말씀을 통하여 깨닫게 된 것을 짧게 적어보십시오.

따뜻함과 담대함

* Lexio 읽기 / 사도행전 17:10-17
가능하면 오늘의 본문을 먼저 읽는 것이 좋지만 바로 아래 글을 읽어도 좋습니다. 충분히 본문을 이해하도록 배려하며 글을 썼습니다. 혹시 본문을 읽으신 분은 감동이 오는 말씀이나 단어 혹은 느낌을 간단히 적으시면 좋습니다.

- -

- -

"밤에 형제들이 곧 바울과 실라를 베뢰아로 보내니 그들이 이르

러 유대인의 회당에 들어가니라"(행17:10)

데살로니가를 떠난 바울 일행은 마게도냐 방향으로 더 들어갔습니다. 그래서 도착한 곳이 베뢰아였습니다. 베뢰아 유대인들은 데살로니가 유대인들과 달리 신중한 태도를 갖고 있었습니다. 바울의 말을 듣고 그들은 사실 여부를 알기 위하여 간절한 마음으로 성경을 날마다 연구했습니다. 그렇게 공부할수록 주님께로 돌아오는 사람의 숫자가 늘어났습니다.

"이것이 그러한가 하여 날마다 성경을 상고하므로 그 중에 믿는

사람이 많고 또 헬라의 귀부인과 남자가 적지 아니하나"(행17:11-12)

하지만 베뢰아의 성장과 부흥은 데살로니가 유대인들에 의해 저지되었습니다. 그들이 베뢰아까지 좇아와서 선동하기 시작한 것입니다. 위험한 상황임을 직감한 형제들이 바울을 급하게 피신시켰습니다. 아예

데살로니가 유대인들이 방해하지 못하도록 배로 아가야 지방의 아덴(아테네)으로 가게 한 것입니다.

하지만 아덴에 도착한 바울은 미처 같이 동행하지 못한 디모데와 실라가 걱정되었습니다. 그래서 급히 디모데와 실라도 아덴으로 올 것을 동행했던 이들에게 부탁합니다.

> "바울을 인도하는 사람들이 그를 데리고 아덴까지 이르러 그에게서 실라와 디모데를 자기에게로 속히 오게 하라는 명령을 받고 떠나니라"(행17:15)

바울의 마음은 편하지 않았습니다. 혼자 위험을 피해 온 것이 마음에 걸렸던 것으로 보입니다. 어쩌면 바울은 다시 소아시아 쪽으로 넘어가려고 했는지 모릅니다. 하지만 그들이 아덴으로 올 때까지 어디에도 움직일 수 없었습니다. 그렇게 디모데와 실라를 기다리던 아덴에서 바울은 "그 성에 우상이 가득한 것을 보고 마음에 격분"(행17:16)이 일어났습니다. 아덴, 그리스 신화의 중심 아테네였습니다. 바울이 그 곳 사람들과 한 판 붙기로 결정합니다. 그 유명한 아레오바고 토론입니다.

'바울의 따뜻함과 담대함이 보이십니까?'

* Meditatio 묵상
오늘 말씀을 통하여 깨닫게 된 것을 짧게 적어보십시오.

169

세상 앞에 흔들림 없이 서다

* Lexio 읽기 / 사도행전 17:18-23

가능하면 오늘의 본문을 먼저 읽는 것이 좋지만 바로 아래 글을 읽어도 좋습니다. 충분히 본문을 이해하도록 배려하며 글을 썼습니다. 혹시 본문을 읽으신 분은 감동이 오는 말씀이나 단어 혹은 느낌을 간단히 적으시면 좋습니다.

"바울이 아덴에서 그들을 기다리다가 그 성에 우상이 가득한 것을 보고 마음에 격분하여"(행17:16)

'아덴에서 복음에 대한 토론이 시작되다!' 놀라운 일이었습니다. 알다시피 아덴은 그리스 신화와 헬라 종교의 본산이었습니다. 고고학자들의 연구에 의하면 아덴의 우상은 작고 큰 것을 합쳐서 무려 삼만 개 정도가 있었다고 합니다. 뿐만 아니라 그들은 자신들이 알지 못하는 신이 있을까 걱정하여 "알지 못하는 신"(행17:23)을 위한 제단도 만들어 놓을 정도로 우상 숭배가 지배적인 도시였습니다.

이 도시에서 바울은 날마다 종교적인 토론을 시작하였습니다. 그런데 이곳에는 두 개의 중요한 철학 학파가 있었습니다. 하나는 "에피쿠로스"(행17:18) 학파였습니다. 이들은 지금 이 순간을 중요시했습니다. 그러므로 죽음은 그들의 관심사가 아니었습니다. 오직 그들은 지금의 행복을 중심으로 살고자 하였습니다. 그것은 쾌락으로 흐르고 있었습니다.

또 다른 학파는 "스토아 철학자"(행17:18)들이었습니다. 그들은 이성과 지식을 매우 중요하게 여겼습니다. 그러므로 나약하게 죽음을 기다리거나 생각하는 것은 어리석다고 생각했습니다. 능동적으로 인생의 법칙과 지식을 탐구함으로 인간은 더욱 행복해질 수 있다고 보았습니다.

이 기막힌 사람들 앞에서 바울이 토론을 시작한 것입니다. 그가 아레오바고에서 꺼낸 말은 이것이었습니다.

> "아덴 사람들아 너희를 보니 범사에 종교심이 많도다 내가 두루 다니며 너희가 위하는 것들을 보다가 알지 못하는 신에게라고 새긴 단도 보았으니 그런즉 너희가 알지 못하고 위하는 그것을 내가 너희에게 알게 하리라"(행17:22-23)

"너희가 알지 못하고 위하는 그것"은 곧 그 '알지 못하는 신'의 정체를 말하겠다는 것이었습니다. 당연히 아덴 사람들의 열광적인 반응을 이끌어 내었습니다. 토론이 시작된 것입니다. 이러한 바울의 담대함은 그가 토론에 자신 있을 만큼 준비되어 있었기 때문이었습니다. 세상 앞에 서도 두렵지 않을 만큼 준비된 사람이었습니다.

'당신은 세상 앞에 서서 흔들림 없이 토론할 만큼 준비되어 있습니까?'

* Meditatio 묵상
오늘 말씀을 통하여 깨닫게 된 것을 짧게 적어보십시오.

복음을 가로막는 철학

* Lexio 읽기 / 사도행전 17:24-34

가능하면 오늘의 본문을 먼저 읽는 것이 좋지만 바로 아래 글을 읽어도 좋습니다. 충분히 본
문을 이해하도록 배려하며 글을 썼습니다. 혹시 본문을 읽으신 분은 감동이 오는 말씀이나
단어 혹은 느낌을 간단히 적으시면 좋습니다.

> "너희가 위하는 것들을 보다가 알지 못하는 신에게라고 새긴 단
> 도 보았으니 그런즉 너희가 알지 못하고 위하는 그것을 내가 너
> 희에게 알게 하리라"(행17:23)

바울의 설명은 매우 재미있었습니다. 바울은 토론의 관점을 좁혀서
"알지 못하는 신"에게 초점을 맞추었습니다. 매우 지혜로운 것이었습
니다. 바울이 매우 중요한 선언적 이야기를 하였는데 그것은 아덴 사람
들이 "알지 못하는 신"에게 드린 제사에서 그 "알지 못하는 신"이 하나
님이라는 말이었습니다.

이 같은 바울의 설명은 종교다원주의라는 태동에 힘을 실어 주었습
니다. 예를 들어 종교다원주의자 중에서 존 힉(John Hick)은 1980년에
'하나님은 많은 이름을 가지고 계시다'(God has many names)라는 책을
씁니다. 이 책의 제목에서 알 수 있는 것처럼 하나님은 모든 민족과 역
사 속에서 다른 이름으로 섭리하시고 역사했다고 주장합니다. 결국 타
종교의 신들도 이름만 다른 것이지, 결국은 하나님을 말하는 것이라고
주장합니다.

그럴 듯 해보입니다. 하지만 치명적인 문제가 있는데, 그 "알지 못하는 신"이란 표현처럼 정확하게 알지 못한다는데 있습니다. 즉 껍데기는 같지만 내용물이 다를 수 있는 것입니다. 기본적으로 하나님은 우리가 추구해서 찾을 수 있는 존재가 아니기 때문입니다. 드디어 바울이 우리 인간들 안으로 들어오신 하나님 곧 예수 그리스도를 소개합니다. 그리고 동시에 회개를 촉구하였습니다.

> "알지 못하던 시대에는 하나님이 간과하셨거니와 이제는 어디든
> 지 사람에게 다 명하사 회개하라 하셨으니 이는 정하신 사람으로
> 하여금 천하를 공의로 심판할 날을 작정하시고"(행17:30-31)

이 같은 설명을 듣던 그들이 갑자기 부정합니다. 바울의 다음 말 "이에 그를 죽은 자 가운데서 다시 살리신 것으로 모든 사람에게 믿을 만한 증거를 주셨"(행17:31)다는 주장 때문이었습니다. 플라톤 철학에 물든 그들의 입장에서 볼 때 이데아적 존재이신 하나님이 그림자 같은 존재인 육체의 옷을 입는 것은 불가능한 것이고 더욱이 부활하는 것은 말이 안 되는 이야기로 들렸기 때문이었습니다. 그들의 철학이 복음을 막은 것이었습니다.

'혹시 복음을 가로막는 주장과 철학이 자신에게 있는 것은 아닙니까?'

* Meditatio 묵상
오늘 말씀을 통하여 깨닫게 된 것을 짧게 적어보십시오.

- -

- -

아름다운 바울

* Lexio 읽기 / 사도행전 18:1-5
가능하면 오늘의 본문을 먼저 읽는 것이 좋지만 바로 아래 글을 읽어도 좋습니다. 충분히 본문을 이해하도록 배려하며 글을 썼습니다. 혹시 본문을 읽으신 분은 감동이 오는 말씀이나 단어 혹은 느낌을 간단히 적으시면 좋습니다.

"바울을 인도하는 사람들이 그를 데리고 아덴까지 이르러 그에게서 실라와 디모데를 자기에게로 속히 오게 하라는 명령을 받고 떠나니라 바울이 아덴에서 그들을 기다리다가"(행17:15-16)

바울은 아덴에서 디모데와 실라를 기다렸을 것입니다. 그런데 사도행전 18장은 해석이 필요한 기록을 하고 있습니다.

"그 후에 바울이 아덴을 떠나 고린도에 이르러... 실라와 디모데가 마게도냐로부터 내려오매"(행18:1,5)

이 말씀을 평면적으로 이해하면 바울이 아덴에 있다가 고린도로 옮겼고, 연락을 받았던 디모데와 실라는 데살로니가에서 바로 고린도로 와서 바울을 만난 것으로 보입니다. 이러한 해석이 무리 없어 보입니다. 하지만 고린도에서 쓴 데살로니가전서를 읽어보면 이 부분의 설명이 필요함을 알 수 있습니다.

"이러므로 우리가 참다 못하여 우리만 아덴에 머물기를 좋게 생각하고 우리 형제 곧 그리스도의 복음을 전하는 하나님의 일꾼인

디모데를 보내노니"(살전3:1-2)

데살로니가전서의 기록을 볼 때 아덴에는 디모데도 있었음을 알 수 있습니다. 이를 참조로 다시 설명해보면 바울은 아덴에서 디모데를 만났지만 데살로니가를 그냥 떠나온 것이 못내 아쉬웠던 것 같습니다. 특히 데살로니가 교회의 성도들은 모두가 개종한 이방인들이었기 때문에 (살전1:9) 더욱 염려가 됐던 것 같습니다. 그래서 바울은 데살로니가교회의 상황을 좀 더 자세히 알기 위하여 디모데를 데살로니가로 보내고 (살전3:1-3) 바울은 아가야 지방의 수도인 고린도로 옮겨 간 것입니다. 그리고 다시 돌아온 디모데를 통하여 데살로니가 교회의 아름다운 소식을 들은 것입니다.

> "지금은 디모데가 너희에게로부터 와서 너희 믿음과 사랑의 기쁜 소식을 우리에게 전하고 또 너희가 항상 우리를 잘 생각하여 우리가 너희를 간절히 보고자 함과 같이 너희도 우리를 간절히 보고자 한다 하니"(살전3:6)

그러니까 바울은 비록 도망치듯이 데살로니가를 떠나왔지만 마음에 늘 그들이 있었던 것입니다. 보고 싶었던 것입니다. 이 같은 간절함이 사람들을 변화시키고, 세상에 영향을 끼친 것이었습니다.

'바울의 행적, 바울의 관심, 그리고 바울의 사랑을 보면서 어떤 느낌이 드십니까?'

* Meditatio 묵상
오늘 말씀을 통하여 깨닫게 된 것을 짧게 적어보십시오.

바울의 힘

* Lexio 읽기 / 사도행전 18:6-11

가능하면 오늘의 본문을 먼저 읽는 것이 좋지만 바로 아래 글을 읽어도 좋습니다. 충분히 본
문을 이해하도록 배려하며 글을 썼습니다. 혹시 본문을 읽으신 분은 감동이 오는 말씀이나
단어 혹은 느낌을 간단히 적으시면 좋습니다.

"그 후에 바울이 아덴을 떠나 고린도에 이르러 아굴라라 하는 본
도에서 난 유대인 한 사람을 만나니 글라우디오가 모든 유대인을
명하여 로마에서 떠나라 한 고로 그가 그 아내 브리스길라와 함
께 이달리야로부터 새로 온지라"(행18:1-2)

바울은 고린도에서 글라우디오 황제의 유대인 추방령 때문에 피신
해 왔던 아굴라와 브리스길라를 만납니다. 그 부부는 바울과 마음이 맞
았던 것 같습니다. 더욱이 바울과 같이 천막을 만드는 직업을 갖고 있
었습니다. 뿐만 아니라 자신의 아들과 같았던 디모데와 실라도 데살로
니가로부터 왔습니다. 매우 안정적이고 편안한 환경이 만들어진 것입
니다.

이처럼 좋고 편한 환경이 만들어지면 일반적으로 우리는 편안한 삶
을 택하는 경향이 있습니다. 하지만 바울은 그렇지 않았습니다. 오히려
그때 더 열심히 전도하였습니다. 그 사람이 바울이었습니다.

"실라와 디모테오가 마케도니아에서 내려 온 후로 바울로는 유다
인들에게 예수가 그리스도라는 것을 증언하면서 오로지 전도에
만 힘썼다."(공동번역/행18:5)

주간에는 천막장이로, 안식일에는 회당에서 말씀을 선포하는 사역을
하였습니다. 그리고 그의 전도사역을 통하여 고린도에는 복음의 역사
가 활발하게 일어나기 시작했습니다. 회당장 그리스보가 예수님을 영
접하였고, 가이오와 스데바나 집 사람들이 예수님을 영접하고 세례를
받는 등 놀라운 변화가 고린도에서 일어났습니다. 일 년 육 개월 동안
자비량 사역자로서 바울은 매우 효과적인 사역을 한 것입니다.

이와 같은 바울의 사역은 매우 의미가 있었습니다. 왜냐하면 고린도
라는 도시는 아프로디테 신전이 있었던 도시로 매우 음란한 영이 지배
하고 있던 곳이었기 때문입니다. 함께 하는 사람들이 바울에게 힘이 되
었던 것입니다.

'바울의 힘은 바울 자신에게만 있는 것이 아니라 주변에 있던 동역자
들의 도움도 컸습니다. 그런 점에서 나는 누구의 동역자입니까? 아니
면 반대자입니까?'

* Meditatio 묵상
오늘 말씀을 통하여 깨닫게 된 것을 짧게 적어보십시오.

균형 잡힌 사람

* Lexio 읽기 / 사도행전 18:12-18

가능하면 오늘의 본문을 먼저 읽는 것이 좋지만 바로 아래 글을 읽어도 좋습니다. 충분히 본문을 이해하도록 배려하며 글을 썼습니다. 혹시 본문을 읽으신 분은 감동이 오는 말씀이나 단어 혹은 느낌을 간단히 적으시면 좋습니다.

"일 년 육 개월을 머물며 그들 가운데서 하나님의 말씀을 가르치

니라"(행18:11)

1년 6개월이었지만 고린도에는 새로운 영적 바람이 불었던 것으로 보입니다. 사실 그 당시에 '고린도 소녀'라는 말은 '창녀'와 동의어였고 '고린도 사람처럼 행한다'는 말은 부도덕과 방탕의 의미로 쓰이는 관용어였습니다. 그런 곳에서 바울이 사역한 것입니다. 이것만으로도 높이 평가받을 만한 것이었습니다.

그런데 아가야의 총독으로 갈리오가 부임하면서 격렬한 반대가 시작되었습니다. 그는 원로원 회원인 세네카의 아들이었습니다. 그런 갈리오에게 유대인들은 "이 사람이 율법을 어기면서 하나님을 경외하라고 사람들을 권한다"(행18:13)는 죄목으로 바울을 고소하였습니다. 말하자면 바울이 불법 종교를 전파한다는 죄명으로 고소를 당한 것입니다.

유대인들은 갈리오에게 집단적으로 항의함으로 바울의 선교를 약화

시키려고 하였습니다. 하지만 갈리오는 다음과 같은 판결을 내립니다.

> "너희 유대인들아 만일 이것이 무슨 부정한 일이나 불량한 행동
> 이었으면 내가 너희 말을 들어 주는 것이 옳거니와 만일 문제가
> 언어와 명칭과 너희 법에 관한 것이면 너희가 스스로 처리하라
> 나는 이러한 일에 재판장 되기를 원하지 아니하노라"(행18:14-15)

이와 같은 갈리오의 판결은 매우 중요한 의미를 갖습니다. 특히 갈리오처럼 영향력이 있는 지방장관의 판결은 바울이 자유롭게 복음을 전할 수 있는 상황을 만들어 주었습니다.

이후 바울이 고린도를 떠나 겐그레아에 이르렀을 때 머리를 깎습니다. 일찍이 나실인 서원을 했던 것으로 보이는 바울이 정해진 기간 이후에 머리를 깎아 서원을 지켰던 것입니다. 어쩌면 예루살렘으로 방향을 정한 바울이 예루살렘의 유대인 지도자들을 만나기 위한 준비였던 것으로도 보입니다.

'바울은 유대인이면서 유대인이라는 틀에 갇히지 않은 자유로운 사람이었습니다. 당신은 어떻습니까?'

* Meditatio 묵상
오늘 말씀을 통하여 깨닫게 된 것을 짧게 적어보십시오.

- -

- -

멋있는 청년, 아볼로

* Lexio 읽기 / 사도행전 18:19-28

가능하면 오늘의 본문을 먼저 읽는 것이 좋지만 바로 아래 글을 읽어도 좋습니다. 충분히 본문을 이해하도록 배려하며 글을 썼습니다. 혹시 본문을 읽으신 분은 감동이 오는 말씀이나 단어 혹은 느낌을 간단히 적으시면 좋습니다.

> "에베소에 와서 그들을 거기 머물게 하고 자기는 회당에 들어가
> 서 유대인들과 변론하니 여러 사람이 더 오래 있기를 청하되 허
> 락하지 아니하고"(행18:19-20)

바울이 고린도를 떠날 때 아굴라와 브리스길라도 같이 떠났습니다. 바울 일행은 겐그레아를 지나 배를 타고 소아시아 지역의 에베소에 이르렀습니다.

에베소, 2차 전도여행 시 마게도냐인의 환상만 없었다면 바울은 에베소로 향했을 것입니다. 그 정도로 중요한 도시였습니다. 그런데 이번에도 오래 머물 수는 없었습니다. "여러 사람이 더 오래 있기를 청하"였지만 떠나야 했습니다. 예루살렘으로 가는 것이 더 급했던 것 같습니다. 그렇게 자신을 붙잡는 에베소 교인들에게 했던 말이 참 의미가 있습니다.

> "만일 하나님의 뜻이면 너희에게 돌아오리라"(행18:21)

바울이 에베소를 떠나 가이사랴를 지나 예루살렘 교회를 방문하였습니다. 그리고 다시 안디옥으로 돌아왔습니다. 하지만 바울의 마음에 에베소가 걸렸던 것 같습니다. 더불어 소아시아 지역의 교회들을 돌아보고 싶었던 것 같습니다. 그렇게 3차 전도여행이 시작되었습니다.

먼저 제1차 전도여행 시 방문했던 갈라디아와 브루기아 땅을 두루 살핀 후에 2차 전도여행 시 오래 머물기 원했었던 에베소로 전도여행의 발길을 돌립니다.

그런데 그 즈음에 알렉산드리아 출신의 아볼로라는 유대인이 에베소에 영향을 주고 있었습니다. 기막힌 것은 아볼로는 요한의 세례 밖에 아는 것이 없었다는 것입니다. 하지만 성경에 정통했던 아볼로는 "예수는 그리스도"(행18:28)임을 정확하게 설명하였습니다. 예수를 직접적으로 명시하지 않았어도 구약 성경을 연구하는 것만으로도 예수가 그리스도라는 사실을 드러낸 것입니다. 바울을 좇아 고린도를 떠나 에베소에 머물러 있던 아굴라와 브리스길라가 감동하여 아볼로를 도운 것은 당연한 것이었습니다. 멋있는 청년이었습니다.

'성경을 제대로 연구만 해도 우리는 주님을 만날 수 있습니다. 당연한 이야기 아닙니까?'

* Meditatio 묵상
오늘 말씀을 통하여 깨닫게 된 것을 짧게 적어보십시오.

- -

- -

믿을 때 성령을 받았는가?

* Lexio 읽기 / 사도행전 19:1-7

가능하면 오늘의 본문을 먼저 읽는 것이 좋지만 바로 아래 글을 읽어도 좋습니다. 충분히 본문을 이해하도록 배려하며 글을 썼습니다. 혹시 본문을 읽으신 분은 감동이 오는 말씀이나 단어 혹은 느낌을 간단히 적으시면 좋습니다.

> "아볼로가 아가야로 건너가고자 함으로 형제들이 그를 격려하며
> 제자들에게 편지를 써 영접하라 하였더니 그가 가매 은혜로 말미
> 암아 믿은 자들에게 많은 유익을 주니"(행18:27)

에베소 교인들은 아볼로를 좋아했습니다. 하지만 아볼로는 아가야 지방으로 가고 싶어 했습니다. 그런 아볼로를 위해 에베소 교회는 아볼로를 위한 편지를 써서 보냅니다. 그렇게 해서 간 곳이 고린도였습니다.

아볼로가 떠난 후 소아시아 지역을 두루 거치면서 여행하던 바울이 에베소에 도착하였습니다. 탁월한 성경 해석가였지만 아볼로에게는 무엇인가 부족한 것이 있었던 것 같습니다. 다시 말하면 분명히 아볼로는 예수 그리스도에 대하여 알고 있었고, 구약을 관통하여 예수 그리스도를 보고 있었지만 세례 요한의 회개 세례만을 알고 성령 체험을 경험하지 못한 사람이었습니다. 그것이 바울과의 가장 큰 차이였습니다.

그런 까닭에 바울이 에베소 교인들에게 던진 한 마디가 모든 것을 정리하였습니다. 바로 이 말이었습니다.

"너희가 믿을 때에 성령을 받았느냐"(행19:2)

분명 아볼로의 성경 해석과 훈련은 탁월하였습니다. 하지만 그에게는 한 가지, 오순절 성령의 역사와 같은 경험이 없었습니다. 그의 모든 지식의 치명적인 부족함이었습니다.

드디어 바울이 요한의 세례 밖에 모르는 에베소 사람들에게 세례를 베풀고 안수할 때 성령이 그들에게 임합니다. 아볼로와의 결정적인 차이였습니다.

"바울이 그들에게 안수하매 성령이 그들에게 임하시므로 방언도하고 예언도 하니 모두 열두 사람쯤 되니라"(행19:6-7)

이것이 에베소 교회의 힘이었습니다. 에베소 교회의 부흥이 시작된 것입니다.

'바울의 질문은 중요합니다. '믿을 때에 성령을 받았는가?' 뭐라고 대답하시겠습니까?'

* Meditatio 묵상
오늘 말씀을 통하여 깨닫게 된 것을 짧게 적어보십시오

바울의 아볼로 해법

* Lexio 읽기 / 고린도전서 3:1-9
가능하면 오늘의 본문을 먼저 읽는 것이 좋지만 바로 아래 글을 읽어도 좋습니다. 충분히 본
문을 이해하도록 배려하며 글을 썼습니다. 혹시 본문을 읽으신 분은 감동이 오는 말씀이나
단어 혹은 느낌을 간단히 적으시면 좋습니다.

여기서 우리는 바울의 에베소 이야기를 하기 전에 아볼로를 좀 더 살
필 필요가 있어서 고린도전서의 아볼로 이야기를 다루고자 합니다.

고린도는 바울이 중요하게 사역하던 곳이었습니다. 그 곳에 아볼로
가 에베소 교회의 추천서를 가지고 갔습니다. 알렉산드리아에서 난 유
대인 아볼로의 등장은 고린도 교회에 매우 신선한 충격이었습니다. 그
는 고린도 교회에도 큰 감명을 주었습니다. 일부 교인들은 아볼로를 베
드로와 견주거나 바울보다 아볼로가 더 훌륭하다고 생각하였습니다.
그러한 주장들은 고린도 교회의 분열과 분쟁을 가져오게 하였습니다.

> "내 형제들아 글로에의 집편으로 너희에 대한 말이 내게 들리니
> 곧 너희 가운데 분쟁이 있다는 것이라 내가 이것을 말하거니와
> 너희가 각각 이르되 나는 바울에게, 나는 아볼로에게, 나는 게바
> 에게, 나는 그리스도에게 속한 자라 한다는 것이니 그리스도께서
> 어찌 나뉘었느냐"(고전1:11-13)

이러한 분파 중에서도 바울 파와 아볼로 파의 대립은 매우 심각한 상황이었습니다. 그래서 바울은 고린도 교회에 편지를 쓰면서 이 문제를 첫 번째 이슈로 제기했던 것입니다. 하지만 바울은 매우 의연했습니다. 이 같은 교회의 분란과 달리 바울은 매우 근사하게 이 문제를 해결하였습니다.

> "아볼로는 무엇이며 바울은 무엇이냐 그들은 주께서 각각 주신 대로 너희로 하여금 믿게 한 사역자들이니라 나는 심었고 아볼로는 물을 주었으되 오직 하나님께서 자라나게 하셨나니"(고전3:5-6)

이어지는 바울의 말은 치명적인 아름다움이었습니다.

> "그런즉 심는 이나 물 주는 이는 아무 것도 아니로되 오직 자라게 하시는 이는 하나님뿐이니라"(고전3:7)

바울은 더 나아가 "우리는 하나님의 동역자들"(고전3:9)이라고 표현합니다. 만난 적이 없지만 아볼로의 행적을 보면 알 수 있었던 것입니다.

"하나님만이 높임을 받으시기에 합당하다.' 바울의 말입니다. 모든 분쟁을 해결하는 길이었습니다.'

---

* Meditatio 묵상

오늘 말씀을 통하여 깨닫게 된 것을 짧게 적어보십시오.

제8부

거룩한 근심

두란노 서원을 세우다

* Lexio 읽기 / 사도행전 19:8-10

가능하면 오늘의 본문을 먼저 읽는 것이 좋지만 바로 아래 글을 읽어도 좋습니다. 충분히 본문을 이해하도록 배려하며 글을 썼습니다. 혹시 본문을 읽으신 분은 감동이 오는 말씀이나 단어 혹은 느낌을 간단히 적으시면 좋습니다.

> "바울이 회당에 들어가 석 달 동안 담대히 하나님 나라에 관하여
> 강론하며 권면하되"(행19:8)

그토록 사모했던 에베소에서 바울은 매우 활발한 전도사역을 펼칩니다. 그렇지만 이와 같은 회당 중심의 사역은 3개월 정도가 지나면서 큰 어려움에 봉착하게 됩니다. 바울이 유대인들의 반대에 부딪힌 것입니다. 더 이상 회당에서 말씀을 전할 수 없게 되었습니다.

하지만 이 사건은 전화위복의 계기가 됩니다. 바울은 전심으로 말씀을 가르치고 배울 수 있는 일종의 성경학교 혹은 신학교인 두란노 서원을 세우게 된 것입니다.

> "어떤 사람들은 마음이 굳어 순종하지 않고 무리 앞에서 이 도를
> 비방하거늘 바울이 그들을 떠나 제자들을 따로 세우고 두란노 서
> 원에서 날마다 강론하니라"(행19:9)

두란노 서원은 소아시아 지역의 훈련 기관으로 쓰이게 되는데, 바울

은 2년 동안 그곳에 머물면서 열심히 복음 전파와 훈련에 힘을 기울입니다. 초대교회의 전승에 의하면 두란노 서원은 오전 11시부터 오후 4시까지 사용되었고 그 나머지 시간에 바울은 장막 제작을 했다고 전해집니다. 이러한 바울의 두란노 서원 사역은 아시아 지역의 사람들에게 강력한 영향을 끼쳤습니다.

> "두 해 동안 이같이 하니 아시아에 사는 자는 유대인이나 헬라인
> 이나 다 주의 말씀을 듣더라"(행19:10)

어떤 의미에서 순회 전도자였던 바울이 이처럼 한 곳에 2년이나 머물면서 서원을 만들어 운영한 것은 이례적인 일입니다. 이에는 여러 가지 이유가 있겠지만 에베소의 위치 때문일 것으로 보입니다. 특히 에베소에는 고대 7대 불가사의 중 하나로 꼽히는 아데미(아르테미스) 신전이 있었습니다. 아덴(아테네) 못지않게 매우 중심적인 종교도시였다는 말입니다. 디모데와 실라를 기다리던 아덴에서 바울이 "그 성(아덴)에 우상이 가득한 것을 보고 마음에 격분"(행17:16)하여 토론을 시작한 것에서 알 수 있듯이 매우 공격적으로 체계적인 사역을 하기 위하여 서원을 세운 것은 당연한 일이었을 것입니다.

'바울의 마음이 이해되십니까? 그렇다면 공부 계획을 세우십시오. 당신의 계획은 무엇입니까?'

* Meditatio 묵상
오늘 말씀을 통하여 깨닫게 된 것을 짧게 적어보십시오.

하나님과 관계가 있는가?

* Lexio 읽기 / 사도행전 19:11-20

가능하면 오늘의 본문을 먼저 읽는 것이 좋지만 바로 아래 글을 읽어도 좋습니다. 충분히 본
문을 이해하도록 배려하며 글을 썼습니다. 혹시 본문을 읽으신 분은 감동이 오는 말씀이나
단어 혹은 느낌을 간단히 적으시면 좋습니다.

"하나님이 바울의 손으로 놀라운 능력을 행하게 하시니 심지어
사람들이 바울의 몸에서 손수건이나 앞치마를 가져다가 병든 사
람에게 얹으면 그 병이 떠나고 악귀도 나가더라"(행19:11-12)

방금 읽은 것처럼 바울이 에베소에서 사역할 때 하나님은 강력하게
바울과 함께 계셨습니다. 특히 바울은 많은 기사와 이적을 행하였습니
다. 그때 에베소 지역에서 신비스런 주문을 외우면서 마술을 부리던 유
대의 한 제사장 스게와와 일곱 명의 아들들이 바울의 역사를 보면서 흉
내를 냅니다. 예수의 이름으로 귀신을 내쫓는 것을 보고 바울처럼 신비
한 주문을 외듯이 예수의 이름으로 귀신을 내쫓고자 한 것입니다. 그저
마술로 생각한 것입니다. 그런데 귀신들이 반응을 보였습니다.

"악귀가 대답하여 이르되 내가 예수도 알고 바울도 알거니와 너
희는 누구냐"(행19:15)

기막힌 말입니다. 사실 가끔 우리도 신앙을 본문의 마술사들처럼 배

우고자 합니다. 그리고 흉내를 냅니다. 하지만 신앙은 "권세"의 문제이지 학습의 문제가 아니라는 것을 모릅니다. 주님이 말씀 하신 "권세"의 문제를 이해하지 못합니다.

> "영접하는 자 곧 그 이름을 믿는 자들에게는 하나님의 자녀가 되
> 는 권세(authority)를 주셨으니"(요1:12)

신앙에는 어떤 스킬이 필요한 것이 아니라 그리스도와의 친밀감을 통해 내가 어떤 존재인지를 확인하고 권세를 누리는 것이 더 필요합니다.

예를 들어 아버지의 아들이라는 사실이 중요할 뿐입니다. 아무리 기막힌 스킬을 가지고 있고 능력이 있어도 아버지는 자신의 재산과 권력을 종에게 물려주지 않습니다. 아들이 아니기 때문입니다. 그러므로 우리에게 능력이 없다면 하나님과의 관계가 잘 되었는가를 먼저 살펴야 합니다. 신앙은 하나님과의 '관계'이기 때문입니다.

'이렇게 질문해 보십시오. '나는 하나님과 관계가 있는가?"

---

* Meditatio 묵상
오늘 말씀을 통하여 깨닫게 된 것을 짧게 적어보십시오.

힘없는 아데미 시위

* Lexio 읽기 / 사도행전 19:21-41
가능하면 오늘의 본문을 먼저 읽는 것이 좋지만 바로 아래 글을 읽어도 좋습니다. 충분히 본문을 이해하도록 배려하며 글을 썼습니다. 혹시 본문을 읽으신 분은 감동이 오는 말씀이나 단어 혹은 느낌을 간단히 적으시면 좋습니다.

"이와 같이 주의 말씀이 힘이 있어 흥왕하여 세력을 얻으니라"

(행19:20)

에베소에서 바울의 복음전파 사역은 성공적이었습니다. 이와 같이 복음의 왕성해짐은 필연적으로 기존 종교 집단과의 마찰을 불러왔습니다. 그 당시 에베소에는 수많은 젖가슴을 단 모양의 풍요와 다산(多産)의 신 아데미 여신을 섬기던 이들이 많았는데, 갑자기 이상한 기류가 에베소에서 벌어진 것입니다.

많은 사람들이 기독교의 영향 때문에 아데미를 섬기지 않는 상황이 벌어진 것입니다. 이에 가장 민감한 사람들은 아데미 은 신상을 만들어 팔던 데메드리오와 은장색 조합 사람들이었습니다. 그들은 심각한 위기의식을 느끼고 있었습니다. 그들이 시위를 꾸미게 된 이유였습니다.

"여러분, 여러분도 알다시피 우리는 이 사업으로 잘 살아 왔습니다. 그런데 그 바울로라는 자가 사람의 손으로 만든 것은 신이 아니라고 하면서 이 에페소에서 뿐만 아니라 거의 아시아 전역에서 많은 사람들을 설득하여 마음을 돌려 놓았다는 사실을 여러분은 보고 들었을 것입니다."(공동번역/행19:25-26)

이런 이유로 데메드리오는 다른 동업자들과 함께 에베소 사람들을 선동하였습니다. 그런데 놀랍게도 순식간에 군중들이 시위에 참여하였습니다. 그들은 바울의 제자 중에 마게도냐 사람 가이오와 아리스다고를 잡고 약 25,000명을 수용할 수 있는 연극장에 모여 시위를 벌였습니다. 엄청난 기세였습니다.

하지만 이 같은 시위는 서기장의 불법 집회라는 선고와 설득에 불과 2시간 만에 끝나고 말았습니다.

"우리는 오늘의 사건 때문에 소요죄로 몰릴 위험이 있습니다. 오늘 여러분이 피운 소동은 불법적이니 만일 그것이 문제가 된다면 해명할 길이 없을 것입니다."(공동번역/행19:40)

'세상의 소요와 교회 부흥의 차이점입니다. 권세의 문제이기 때문입니다. 그렇지 않습니까?'

* Meditatio 묵상
오늘 말씀을 통하여 깨닫게 된 것을 짧게 적어보십시오.

- -

- -

거룩한 근심

* Lexio 읽기 / 사도행전 20:1-6
가능하면 오늘의 본문을 먼저 읽는 것이 좋지만 바로 아래 글을 읽어도 좋습니다. 충분히 본문을 이해하도록 배려하며 글을 썼습니다. 혹시 본문을 읽으신 분은 감동이 오는 말씀이나 단어 혹은 느낌을 간단히 적으시면 좋습니다.

사실 바울이 에베소에 있으면서 들은 소식은 고린도 교회에 대한 부정적인 소식뿐이었습니다. 그래서 바울은 디도 편에 고린도 교회에 편지를(지금은 전해지지 않은 소실된 편지) 써서 보냈습니다(고후7:6-8). 이 편지에서 바울은 신랄하게 바울의 대적자를 비판하며 징계하라고 준엄하게 명령을 내립니다(고후2:4-11). 그러나 바울은 이로 인해 매우 마음이 착잡하였습니다.

"내가 마음에 큰 눌림과 걱정이 있어 많은 눈물로 너희에게 썼노니 이는 너희로 근심하게 하려 한 것이 아니요 오직 내가 너희를 향하여 넘치는 사랑이 있음을 너희로 알게 하려 함이라"(고후2:4)

이런 마음을 가지고 바울은 드로아에 도착하였고 디도는 아직 그곳에 당도하지 않은 상태였습니다. 드로아는 복음에 열린 도시였지만 착잡한 마음으로 인해 바울은 도무지 복음을 전파할 수가 없었습니다.

"내가 그리스도의 복음을 위하여 드로아에 이르매 주 안에서 문

이 내게 열렸으되 내가 내 형제 디도를 만나지 못하므로 내 심령
이 편하지 못하여 그들을 작별하고 마게도냐로 갔노라"

(고후2:12-13)

이처럼 편치 못한 마음을 가진 바울은 마게도냐로 넘어갔습니다. 그
런데 감사하게도 바울은 그곳에서 디도를 만납니다. 그리고 디도를 통
해서 들은 소식은 고린도 교회로부터 온 좋은 소식이었습니다. 바울이
심한 권면을 한 것에 대하여 걱정하고 있었는데 고린도 교회가 그 권면
을 회개함으로 받아들였다는 소식이었습니다. 바울은 너무나 기뻤습니
다. 그 순간 자신이 했던 근심이 거룩한 근심이었음을 깨닫게 됩니다.

"내가 지금 기뻐함은 너희로 근심하게 한 까닭이 아니요 도리어
너희가 근심함으로 회개함에 이른 까닭이라 너희가 하나님의 뜻
대로 근심하게 된 것은 우리에게서 아무 해도 받지 않게 하려 함
이라 하나님의 뜻대로 하는 근심은 후회할 것이 없는 구원에 이
르게 하는 회개를 이루는 것이요 세상 근심은 사망을 이루는 것
이니라"(고후7:9-10)

'하나님의 일에 대한 근심은 거룩한 근심입니다. 그렇다면 나의 근심
은 어떤 근심입니까?'

* Meditatio 묵상
오늘 말씀을 통하여 깨닫게 된 것을 짧게 적어보십시오.

유두고 사건의 의미

* Lexio 읽기 / 사도행전 20:7-12

가능하면 오늘의 본문을 먼저 읽는 것이 좋지만 바로 아래 글을 읽어도 좋습니다. 충분히 본문을 이해하도록 배려하며 글을 썼습니다. 혹시 본문을 읽으신 분은 감동이 오는 말씀이나 단어 혹은 느낌을 간단히 적으시면 좋습니다.

드로아에 있는 동안 안식일 다음 날 말씀을 나누던 때였습니다. 만찬을 하면서 바울은 밤이 깊도록 말씀을 나눴습니다. 그런데 갑자기 돌발 사태가 벌어진 것입니다. 창문에 걸터앉아 말씀을 듣던 유두고라는 청년이 졸다가 삼 층 밑으로 떨어져 죽은 것입니다.

> "유두고라 하는 청년이 창에 걸터 앉아 있다가 깊이 졸더니 바울
> 이 강론하기를 더 오래 하매 졸음을 이기지 못하여 삼 층에서 떨
> 어지거늘 일으켜보니 죽었는지라"(행20:9)

기막힌 일이었습니다. 분명히 말씀을 듣는 것은 귀한 일이었지만 말씀을 들으며 졸다가 떨어져 죽은 사건은 어떻게 해석해야 할지 복잡했습니다. 최소한 거기에 모인 사람들의 마음이 그러했습니다.

하지만 어찌된 일인지 바울의 품에 안긴 유두고는 죽지 않았습니다. 분명 죽은 줄 알았는데 살아난 것입니다. 그리고 바울은 태연히 말씀을 전하던 곳으로 돌아가 밤이 새도록 말씀을 나눴습니다. 아무런 일도 없

었던 것처럼 말입니다.

> "바울로는 다시 위층으로 올라 가 빵을 떼어 나누어 먹으면서 날
> 이 밝도록 오래 이야기하다가 떠나 갔다."(공동번역/행20:11)

밤이 새도록 이야기를 나눴다고 성경은 기록하지만 거기에 있던 사람들의 생각에는 온통 유두고 사건에 대한 감격뿐이었습니다. 성경도 그렇게 기록하고 있습니다.

> "한편 사람들은 살아난 청년을 집으로 데리고 가며 한없는 위로
> 를 받았다."(공동번역/행20:12)

말씀을 들으며 졸다가 떨어져 죽을 뻔 한 사건, 그것이 죄일 수는 없다는 뜻이었습니다. 자칫 죄로 볼 수 있는 사건을 과잉해석 할 뻔 했던 그들 자신에 대한 안도와 위로였을 수도 있습니다. '그럴 수 있는 것'은 죄가 아니었습니다. 그럴 수도 있는 것이었습니다. 참 위로가 됩니다.

'혹시 사소할 수 있는 것들을 지나치게 교리적으로 해석하거나 확대하는 경우가 있지 않습니까?'

---

* Meditatio 묵상
오늘 말씀을 통하여 깨닫게 된 것을 짧게 적어보십시오.

- -

- -

죽음을 품은 그리스도인

* Lexio 읽기 / 사도행전 20:13-25

가능하면 오늘의 본문을 먼저 읽는 것이 좋지만 바로 아래 글을 읽어도 좋습니다. 충분히 본문을 이해하도록 배려하며 글을 썼습니다. 혹시 본문을 읽으신 분은 감동이 오는 말씀이나 단어 혹은 느낌을 간단히 적으시면 좋습니다.

> "나는 내 목숨을 아깝게 생각하지 않습니다. 예수님께로부터 받은 사명, 곧 사람들에게 하나님의 은혜의 복음을 전하는 일을 다 마칠 수만 있다면 말입니다."(쉬운성경/행20:24)

바울이 안디옥에서 시작하여 아시아, 무시아, 그리고 마게도냐의 끝 지점인 아덴과 고린도에 이른 후 베뢰아에 당도하자 바울은 육로를 따라 빌립보를 지나 드로아로 향합니다. 그가 사역했던 곳들을 돌아보고 한 번 더 상황을 살펴보고자 한 마음이었던 것으로 보입니다.

물론 바울의 궁극적인 목적지는 로마를 거쳐 서바나(스페인)까지 가는 것이었습니다. 그러나 마지막 여행을 하기 전에 바울은 이방 교회들이 헌금한 것을 가지고 예루살렘으로 가야 했습니다. 그것은 또 다른 의미의 예언의 성취였고 이방인 교회와 예루살렘 교회와의 연합의 의미이기도 하였습니다.

> "이제는 내가 성도를 섬기는 일로 예루살렘에 가노니 이는 마게

도냐와 아가야 사람들이 예루살렘 성도 중 가난한 자들을 위하여 기쁘게 얼마를 연보하였음이라 저희가 기뻐서 하였거니와 또한 저희는 그들에게 빚진 자니 만일 이방인들이 그들의 영적인 것을 나눠 가졌으면 육적인 것으로 그들을 섬기는 것이 마땅하니라"(롬15:25-27)

그리고 밀레도에 이르렀을 때입니다. 그 곳에서 바울은 3년 동안 사역하였던 근처 에베소의 장로들을 청해서 만납니다. 그 자리에서 바울은 자신의 심경을 털어놓았습니다.

"이제 나는 성령의 명령에 따라 예루살렘으로 갑니다... 다만 내가 아는 것은 어느 도시에 가든지 감옥과 환난이 나를 기다리고 있다고 성령께서 내게 경고해 주셨다는 사실뿐입니다. 그러나 나는 내 목숨을 아깝게 생각하지 않습니다."(쉬운성경/행20:22-24)

성령께서는 이미 바울에게 기막힌 환난이 기다리고 있다는 사실을 알려주셨습니다. 하지만 바울의 열정을 바꿀 수는 없었습니다. 자신의 생명이 아깝지 않았던 것입니다. 그는 '죽음을 품은 그리스도인'이었던 것입니다. 주를 위해 바칠 목숨이 있다는 것이 감사했던 것입니다.

'나는 어떤 종류의 크리스천입니까?'

* Meditatio 묵상
오늘 말씀을 통하여 깨닫게 된 것을 짧게 적어보십시오.

- -

- -

거리낌 없는 설교자

* Lexio 읽기 / 사도행전 20:26-32

가능하면 오늘의 본문을 먼저 읽는 것이 좋지만 바로 아래 글을 읽어도 좋습니다. 충분히 본문을 이해하도록 배려하며 글을 썼습니다. 혹시 본문을 읽으신 분은 감동이 오는 말씀이나 단어 혹은 느낌을 간단히 적으시면 좋습니다.

"내가 깨끗하니 이는 내가 꺼리지 않고 하나님의 뜻을 다 여러분에게 전하였음이라"(행20:26-27)

시대의 위기는 올바른 크리스천의 부재와 관계가 있습니다. 정말 하나님을 제대로 믿고 말씀을 따라 바르게 사는 정치인, 기업인, 그리고 교육가와 예술가가 있다면 이 세상은 아름다워질 수 있기 때문입니다. 그런데 그러한 사람들을 찾아보기가 참 힘든 시대가 되었습니다.

이유를 아무리 생각해봐도 그 까닭은 오늘 말씀에 있는 것 같습니다. 성도들에게 '꺼리지 않고 하나님의 뜻을 다 전하는' 목사가 부족하기 때문이라는 생각을 지울 수가 없습니다.

사람의 귀를 즐겁게 하는 설교가 아닌 하나님의 뜻을 바르게 전하는 설교자가 없기 때문입니다. 그러니까 교회마다 국회의원과 장관이 넘쳐나고 수많은 기업가, 교육가, 예술가가 넘쳐나지만 그들이 변하지 않는 이유는 그들이 들은 메시지가 그들의 귀를 즐겁게 하는 메시지였기 때문입니다.

　최소한 바울은 "꺼리지 않고" 복음을 정확하게 가르친 설교자였습니다. 바울의 첫 마디가 무섭지만 옳은 것임을 느끼는 이유입니다.

> "앞으로 여러분 가운데 누가 멸망하게 되더라도 나에게는 아무런 책임이 없다는 것을 이 자리에서 분명히 말해 두는 바입니다. 나는 하나님의 모든 계획을 남김없이 여러분에게 전해 주었습니다."(공동번역/행20:26-27)

　어떤 의미에서 앞으로의 시대를 결정할 사람은 설교자들입니다. 거리낌 없이 하나님의 말씀을 선포할 수 있는 설교자말입니다.

> "이제 내가 사람들에게 좋게 하랴 하나님께 좋게 하랴 사람들에게 기쁨을 구하랴 내가 지금까지 사람들의 기쁨을 구하였다면 그리스도의 종이 아니니라"(갈1:10)

　'나는 거리낌 없이 하나님 앞에 서 있는 사람입니까? 리더입니까? 설교자입니까?'

＊ Meditatio 묵상
오늘 말씀을 통하여 깨닫게 된 것을 짧게 적어보십시오

자비량 사역의 의미

* Lexio 읽기 / 사도행전 20:33-38
가능하면 오늘의 본문을 먼저 읽는 것이 좋지만 바로 아래 글을 읽어도 좋습니다. 충분히 본문을 이해하도록 배려하며 글을 썼습니다. 혹시 본문을 읽으신 분은 감동이 오는 말씀이나 단어 혹은 느낌을 간단히 적으시면 좋습니다.

> "여러분 중에서도 제자들을 끌어 자기를 따르게 하려고 어그러진
> 말을 하는 사람들이 일어날 줄을 내가 아노라"(행20:30)

"어그러진 말을 하는 사람들!" 이들이 설교자일 경우에는 문제가 더욱 심각합니다. 어그러진 말은 사람들을 어그러지게 하기 때문입니다. 이 땅의 신앙이 세상화 된 이유입니다.

그러면 왜 설교자들이 어그러진 말을 하는 것입니까? 바울이 말한 것처럼 "자기를 따르게 하려"는 의도가 있기 때문입니다. 그러니까 "자기"라는 거대한 욕심이 존재하기 때문입니다. 설교자 혹은 목사는 하나님 나라의 의에 초점을 맞춰서 살아가는 사람이어야 하는데 그가 "자기"에게 초점을 맞춰 살기 때문입니다. 그때부터 설교는 더 변질되고 더 세상화 되는 것입니다. 우리가 세상화 된 목사를 만나는 이유입니다.

세상화의 중심에 바울은 물질이 있다고 보았던 것 같습니다. 그가 전

도여행을 다니며 자비량 사역을 한 이유가 거기에 있었습니다. 결벽증처럼 말입니다.

> "나는 누구의 은이나 금이나 옷을 탐낸 일이 없습니다. 여러분도 알다시피 나와 내 일행에게 필요한 것은 모두 나의 이 두 손으로 일해서 장만하였습니다."(공동번역/행20:33-34)

어떻게 들릴지 모르지만 설교자는 바울처럼 엄격한 의미에서 자비량 사역자여야 합니다. 어느 날 부터인가 자비량 사역이 후원을 받는 개념으로 변질되었지만 바울처럼 자신이 먹고 사는 문제는 자신이 해결하는 태도가 중요합니다. 그렇게 해서라도 주의 복음을 전하는 것은 정말 기막히게 아름다운 일이기 때문입니다. 이런 바울을 에베소의 장로들은 보내기 힘들었을 것입니다. 진정한 지도자였으니 말입니다.

> "그들은 모두 많이 울었으며 바울로의 목을 끌어 안고 입을 맞추었다."(공동번역/행20:37)

'나는 어떤 사람입니까? 다시 생각해 보십시오.'

* Meditatio 묵상
오늘 말씀을 통하여 깨닫게 된 것을 짧게 적어보십시오.

- -

- -

주를 위해 죽는 것이 즐겁다

* Lexio 읽기 / 사도행전 21:1-6
가능하면 오늘의 본문을 먼저 읽는 것이 좋지만 바로 아래 글을 읽어도 좋습니다. 충분히 본문을 이해하도록 배려하며 글을 썼습니다. 혹시 본문을 읽으신 분은 감동이 오는 말씀이나 단어 혹은 느낌을 간단히 적으시면 좋습니다.

"다 크게 울며 바울의 목을 안고 입을 맞추고 다시 그 얼굴을 보
지 못하리라 한 말로 말미암아 더욱 근심하고 배에까지 그를 전
송하니라"(행20:37-38)

바울이 에베소 장로들과 눈물의 마지막 이별을 하고 지중해를 건너 두로에 도착했을 때입니다. 이제 예루살렘까지는 얼마 남아있지 않았습니다. 바울이 그곳에서 지내는 일주일 동안 그곳의 크리스천들에게 임하신 성령의 음성을 듣습니다.

"제자들을 찾아 거기서 이레를 머물더니 그 제자들이 성령의 감
동으로 바울더러 예루살렘에 들어가지 말라 하더라"(행21:4)

하지만 바울의 마음은 확고했고 변함이 없었습니다. 그런 바울을 보며 두로의 교인들은 밀레도 해변의 에베소 교인들처럼 마음이 무거웠습니다. 그들이 바울을 전송하는 바닷가는 기막힌 곳이었습니다.

"그러나 이레가 지난 뒤 우리는 그 곳을 떠났는데 그 때 모든 신
도들은 부인들과 아이들과 함께 동네 밖까지 우리를 따라 나왔
다. 우리는 모두 바닷가에서 무릎을 꿇고 기도를 드렸다."

(공동번역/행21:5)

기막힌 일입니다. 주를 위해 죽기로 작정한 바울 앞에서 주님은 '가
지 말라. 가지 말라.'고 말씀하시고 바울은 '가겠습니다. 가겠습니다.'
외치며 고집부리고 있었기 때문입니다. 그런 바울을 염려하시는 주님,
주를 위해 마음껏 살고 싶은 바울. 정말 기막힌 아름다움입니다.

바울은 주님을 위해서, 자신을 위해 저주받으신 주님을 위해서 살고
싶었던 것입니다. 목숨을 버릴 수 있다면 더욱 행복한 것이라고 외치면
서 말입니다. '주를 위해 죽는 것이 즐겁다!' 이것이 바울의 마음이었습
니다.

"주를 위해 죽고 싶다.' 바울에게는 그런 열심이 있었습니다. 나의 열
심은 어떻습니까?'

* Meditatio 묵상
오늘 말씀을 통하여 깨닫게 된 것을 짧게 적어보십시오.

- -

- -

주의 뜻대로 이루어지이다

* Lexio 읽기 / 사도행전 21:7-16

가능하면 오늘의 본문을 먼저 읽는 것이 좋지만 바로 아래 글을 읽어도 좋습니다. 충분히 본문을 이해하도록 배려하며 글을 썼습니다. 혹시 본문을 읽으신 분은 감동이 오는 말씀이나 단어 혹은 느낌을 간단히 적으시면 좋습니다.

> "그 제자들이 성령의 감동으로 바울더러 예루살렘에 들어가지 말
>
> 라 하더라"(행21:4)

두로를 떠나 돌레마이를 지나 가이사랴에 이르렀습니다. 가이사랴에는 일곱 집사 중 한 사람인 빌립이 예언자인 네 명의 딸과 함께 살고 있었습니다. 바울은 그 집에 머물게 되었습니다.

며칠이 지난 어느 날 유대로부터 한 선지자 아가보가 바울 일행을 찾아왔습니다. 아가보는 성령이 보여주신 계시를 가지고 찾아왔습니다. 그는 바울의 허리띠로 자신을 묶으며 그 계시를 보였습니다.

> "우리에게 와서 바울의 띠를 가져다가 자기 수족을 잡아매고 말
>
> 하기를 성령이 말씀하시되 예루살렘에서 유대인들이 이같이 이
>
> 띠 임자를 결박하여 이방인의 손에 넘겨 주리라"(행21:11)

성령의 염려였습니다. '가지 말라'는 사인이었습니다. 그 퍼포먼스를

보던 사람들은 모두 예루살렘으로 가지 말 것을 사정하였습니다. 하지만 그의 뜻은 확고했습니다.

> "여러분이 어찌하여 울어 내 마음을 상하게 하느냐 나는 주 예수의 이름을 위하여 결박 당할 뿐 아니라 예루살렘에서 죽을 것도 각오하였노라"(행21:13)

사람들은 바울을 막을 수 없는 것을 알았습니다. 그들의 대답이 그것을 말합니다.

> "그가 권함을 받지 아니하므로 우리가 주의 뜻대로 이루어지이다 하고 그쳤노라"(행21:14)

멋있습니다. 우리가 할 수 있는 최선의 경주를 다하고 마지막에 "주의 뜻대로 이루어지이다"라고 기도하는 것 말입니다. 하지만 그들이 그만 둔 것은 그들 역시 바울과 같은 마음이었기 때문이었을 것입니다. 바울처럼 주를 위해 죽고 싶었던 것, 그들이 초대교회였습니다. 그것이 기독교였습니다.

'바울처럼 행동할 수 있겠습니까?'

* Meditatio 묵상
오늘 말씀을 통하여 깨닫게 된 것을 짧게 적어보십시오

제 9 부

사명

이상한 평안

* Lexio 읽기 / 사도행전 21:17-30
가능하면 오늘의 본문을 먼저 읽는 것이 좋지만 바로 아래 글을 읽어도 좋습니다. 충분히 본문을 이해하도록 배려하며 글을 썼습니다. 혹시 본문을 읽으신 분은 감동이 오는 말씀이나 단어 혹은 느낌을 간단히 적으시면 좋습니다.

"예루살렘에 이르니 형제들이 우리를 기꺼이 영접하거늘 그 이튿
날 바울이 우리와 함께 야고보에게로 들어가니 장로들도 다 있더
라"(행21:17-18)

바울이 예루살렘에 도착했을 때 바울은 야고보 및 사도들의 환영을
받았지만 사도들은 바울에 대한 나쁜 소문 때문에 매우 걱정하고 있었
습니다. 그것은 바울이 이방에 있는 모든 유대인들에게 가르치기를 이
젠 더 이상 구약의 율법이 소용이 없을 뿐 아니라 자녀들에게 더 이상
할례를 지키거나 율법을 지킬 것을 요청할 필요가 없다고 가르친다는
소문 때문이었습니다.

"네가 이방에 있는 모든 유대인을 가르치되 모세를 배반하고 아
들들에게 할례를 행하지 말고 또 관습을 지키지 말라 한다 함을
그들이 들었도다 그러면 어찌할꼬"(행21:21-22)

사도들은 이런 소문을 불식시키기 위해 바울과 같이 온 네 명의 이

방인들에게 정결례를 시키도록 하였습니다. "그러면 모든 사람이 그대에 대하여 들은 것이 사실이 아니고 그대도 율법을 지켜 행하는 줄로 알 것이라"(행21:24)고 생각한 것입니다. 바울은 그 의견을 청종하였습니다.

> "바울이 이 사람들을 데리고 이튿날 그들과 함께 결례를 행하고
> 성전에 들어가서 각 사람을 위하여 제사 드릴 때까지의 결례 기
> 간이 만기된 것을 신고하니라"(행21:26)

이와 같은 바울의 태도로 인해 문제는 해결된 것처럼 보였습니다. 그렇지만 바울에 대하여 악심을 품고 있었던 아시아로부터 온 유대인들이 예루살렘에 오자 분위기는 갑자기 달라졌습니다. 그들은 바울과 함께 온 에베소 사람 드로비모가 예루살렘 성내에 있음을 보고 바울과 함께 성전에 들어 간 것으로 생각하고 성전 모독죄로 바울을 잡아 성 밖으로 끌어내 죽이려 한 것입니다.

> "온 성이 소동하여 백성이 달려와 모여 바울을 잡아 성전 밖으로
> 끌고 나가니 문들이 곧 닫히더라"(행21:30)

'살얼음판을 걷듯이 바울이 걷는 모습이 보입니다. 그럼에도 이상한 평안이 있었습니다. 이유가 무엇인지 아시겠습니까?'

---

* Meditatio 묵상
오늘 말씀을 통하여 깨닫게 된 것을 짧게 적어보십시오.

- -

- -

같은 언어만으로도

* Lexio 읽기 / 사도행전 21:31-40
가능하면 오늘의 본문을 먼저 읽는 것이 좋지만 바로 아래 글을 읽어도 좋습니다. 충분히 본문을 이해하도록 배려하며 글을 썼습니다. 혹시 본문을 읽으신 분은 감동이 오는 말씀이나 단어 혹은 느낌을 간단히 적으시면 좋습니다.

"그들이 그를 죽이려 할 때에 온 예루살렘이 요란하다는 소문이
군대의 천부장에게 들리매 그가 급히 군인들과 백부장들을 거느
리고 달려 내려가니"(행21:31-32)

성전 모독죄로 바울을 잡아 죽이려는 순간 천부장이 백부장들과 군사를 이끌고 도착합니다. 천부장의 일행을 보자 소동은 일단 잠잠해졌고 천부장은 바울을 쇠사슬로 결박하였습니다. 단순히 심문이나 즉결심판으로 해결할 수 있는 상황이 아니었습니다. 어쩔 수 없이 부대로 데려 가려는데 유대인들이 "그놈을 죽여라"(공동번역/행21:36)고 외치는 등 막무가내였습니다. 그렇게 부대로 들어가려는데 바울이 헬라 말로 천부장에게 대화를 요청하였습니다.

바울이 헬라어를 쓰는 것에 놀랐던 것으로 보이는 천부장이 바울에게 물은 것은 "네가 이전에 소요를 일으켜 자객 사천 명을 거느리고 광야로 가던 애굽인"(행21:38)이냐는 것이었습니다. 요세푸스의 기록에 의하면 이 시점으로부터 약 3년 전에 3만 명의 사람을 모아 예루살렘에

서 반란을 도모한 적이 있었습니다. 그때 벨릭스 총독이 그 반란을 진압하며 일부가 흩어졌는데, 천부장은 그때 광야로 피신했던 그들로 본 것입니다. 그래서 약 일천 명 가까이 군사를 이끌고 온 것이었음을 알 수 있습니다.

천부장의 물음에 바울의 대답은 길리기아 다소 시민으로 유대인이라고 밝힙니다. 천부장이 염려했던 그 사람이 아니라는 말이었습니다. 안심했을 천부장에게 바울은 거기 좇아온 사람들에게 말할 기회를 달라고 요청합니다. 천부장이 허락하자 이번에 바울은 히브리말로 연설하기 시작하였습니다. 정확하게 말하면 이미 성경 언어로만 남아있는 히브리어가 아니라 아람 방언이었습니다. 그 같은 바울의 말에 사람들은 조용하였습니다. 자신들의 언어를 사용했기 때문입니다.

기막힌 일입니다. 같은 언어를 쓰는 것만으로 천부장이 호의적으로 변하고, 성났던 군중마저 들을 준비를 하니 말입니다.

'같은 언어만으로도 들을 준비가 되어있다면 어떤 일이 벌어지겠습니까?'

* Meditatio 묵상
오늘 말씀을 통하여 깨닫게 된 것을 짧게 적어보십시오.

....

....

바울의 담대함

* Lexio 읽기 / 사도행전 22:1-16
가능하면 오늘의 본문을 먼저 읽는 것이 좋지만 바로 아래 글을 읽어도 좋습니다. 충분히 본
문을 이해하도록 배려하며 글을 썼습니다. 혹시 본문을 읽으신 분은 감동이 오는 말씀이나
단어 혹은 느낌을 간단히 적으시면 좋습니다.

"부형들아 내가 지금 여러분 앞에서 변명하는 말을 들으라 그들
이 그가 히브리 말로 말함을 듣고 더욱 조용한지라"(행22:1-2)

바울이 유대인들이 쓰던 언어인 히브리 말(아람 방언)을 사용하자 유
대인들은 조용히 바울의 말을 듣기 시작하였습니다. 먼저 그는 자신이
"유대인"(행22:3)임을 강조합니다.

물론 유대인이지만 보통 신분이 아니었습니다. 나중에 밝히지만 길
리기아 다소에서 태어난 로마 시민권자였습니다. 하지만 자란 곳은 유
대인들의 성지 예루살렘이었습니다. 바울은 당대 예루살렘 최고의 율
법 교사였던 가말리엘(행5:34/바리새인 가말리엘은 율법교사로 모든
백성에게 존경을 받는 자)의 제자였습니다. 뿐만 아니라 "열심이 있는
자"(행22:3), 열혈당원이었습니다. 그래서 그가 한 일은 크리스천들을
박해하고 결박하여 옥에 넘기고 심지어 죽이기까지 한 것입니다.

"내가 이 도를 박해하여 사람을 죽이기까지 하고 남녀를 결박하
여 옥에 넘겼노니 이에 대제사장과 모든 장로들이 내 증인이라"
(행22:4-5)

이러한 바울의 이어지는 또 다른 이야기는 더 충격적이었습니다. 바로 바울이 크리스천들을 붙잡기 위해 다메섹으로 가다가 예수를 만난 이야기였습니다. 그가 만난 예수는 메시야였습니다. 바울이 말하고자 한 것이었습니다. 그런데 여기서 바울의 표현이 재미있습니다.

> "주님 누구시니이까 하니 이르시되 나는 네가 박해하는 나사렛 예수라"(행22:8)

사도행전 9장에서 들었던 예수의 음성은 "주여 누구시니이까 이르시되 나는 네가 박해하는 예수라"(행9:5)였습니다. 그렇다면 예수 앞에 수식되고 있는 "나사렛"은 바울이 덧붙인 것임을 알 수 있습니다. "나사렛 예수", 이는 십자가에 달릴 때 붙어있던 명패의 호칭이었습니다.

> "패를 써서 십자가 위에 붙이니 나사렛 예수 유대인의 왕이라 기록되었더라"(요19:19)

유대인들에게는 잊을 수 없는 이름이었습니다. 바울은 공손하게 말하고 있었지만 지금 유대인들에게 할 말을 다하며 도전하고 있었던 것입니다. 기막힌 모습입니다.

'바울의 담대함이 어떻게 보이십니까?'

* Meditatio 묵상
오늘 말씀을 통하여 깨닫게 된 것을 짧게 적어보십시오.

로마 시민권자 바울

* Lexio 읽기 / 사도행전 22:17-30
가능하면 오늘의 본문을 먼저 읽는 것이 좋지만 바로 아래 글을 읽어도 좋습니다. 충분히 본문을 이해하도록 배려하며 글을 썼습니다. 혹시 본문을 읽으신 분은 감동이 오는 말씀이나 단어 혹은 느낌을 간단히 적으시면 좋습니다.

"우리 조상들의 하나님이 너를 택하여 너로 하여금 자기 뜻을 알게 하시며 그 의인을 보게 하시고 그 입에서 나오는 음성을 듣게 하셨으니 네가 그를 위하여 모든 사람 앞에서 네가 보고 들은 것에 증인이 되리라"(행22:14-15)

유대인들을 설득하기 위하여 다메섹 사건 이후 아나니아를 만나 그를 통하여 들은 주의 '증인으로의 부르심'이라고 자신을 설명하였고, 이어 예루살렘 성전에서 기도 중 만난 주님 이야기까지 거침없이 이야기하였습니다.

드디어 바울이 치명적인 이야기를 꺼냈습니다. 그것은 스데반을 죽이는 일에 앞장 선 일이었습니다. 거기까지 이르자 유대인들은 참을 수가 없었습니다. 바울의 말은 유대교를 부정하는 것이었고, 더불어 예수를 메시야로 인정해야 하는 것이었습니다. 일종의 신성모독이었습니다. 그들은 무조건 바울을 죽이기로 결정하였습니다.

"이 말하는 것까지 그들이 듣다가 소리 질러 이르되 이러한 자는
세상에서 없애 버리자 살려 둘 자가 아니라 하여 떠들며 옷을 벗
어 던지고 티끌을 공중에 날리니"(행22:22-23)

사태가 심각해진 것을 안 천부장은 우선 바울을 결박하고 매질한 후
심문하기로 합니다. 그때 바울은 자신이 로마 시민권자임을 밝힙니다.

"너희가 로마 시민 된 자를 죄도 정하지 아니하고 채찍질할 수 있
느냐"(행22:25)

돈을 주고 "시민권"(행22:28)을 산 천부장이 볼 때 나면서부터 로마
시민권자인 바울을 함부로 대할 수가 없었습니다. 갑자기 상황이 역전
된 것입니다. 오히려 무슨 일로 바울을 고발하는지 진상 조사를 위한
공회를 소집하였습니다.

"이튿날 천부장은 유대인들이 무슨 일로 그를 고발하는지 진상을
알고자 하여 그 결박을 풀고 명하여 제사장들과 온 공회를 모으
고 바울을 데리고 내려가서 그들 앞에 세우니라"(행22:30)

'우리가 세상에서 어떤 존재인지는 중요합니다. 복음을 위해서도 말
입니다. 나는 어떤 존재입니까?'

* Meditatio 묵상
오늘 말씀을 통하여 깨닫게 된 것을 짧게 적어보십시오

....

....

사명이 남아있기 때문에

* Lexio 읽기 / 사도행전 23:1-11

가능하면 오늘의 본문을 먼저 읽는 것이 좋지만 바로 아래 글을 읽어도 좋습니다. 충분히 본문을 이해하도록 배려하며 글을 썼습니다. 혹시 본문을 읽으신 분은 감동이 오는 말씀이나 단어 혹은 느낌을 간단히 적으시면 좋습니다.

"바울이 공회를 주목하여 이르되 여러분 형제들아 오늘까지 나는

범사에 양심을 따라 하나님을 섬겼노라"(행23:1)

공회에서 이 말을 듣고 있던 대제사장 아나니아가 바울의 입을 치게 하였습니다. 그것은 부정한 발언을 한 자에 대한 징계였습니다. 그렇다면 대제사장 아나니아는 발언의 어떤 점을 문제 삼은 것입니까?

'범사에 양심을 따라 하나님을 섬겼다.' 아마 바울의 이 말이 거슬렸을 것입니다. 바울은 유대인이지만 동시에 그리스도인으로 하나님을 섬기는 사람이었다는 고백이었기 때문입니다. 그것을 아나니아는 용납할 수 없었던 것입니다.

그런데 여기서 바울이 실수를 합니다. 자신의 입을 치게 한 아나니아가 대제사장이라는 것을 모르고 면박을 준 것입니다. 그것은 "하나님의 대제사장"(행23:4)을 모욕하는 것이었습니다. 바울이 몰랐다고 말하긴 하지만 매우 심각한 도발이었습니다. 더욱이 모든 상황이 불리

하였습니다. 분위기는 매우 살벌해 졌습니다. 이미 유대인들에게 있어서 바울은 공공의 적이었습니다. 더욱이 '바울을 죽이기 전까지는 먹지도 마시지도 않겠다'(행23:12)는 결사대 40명 이상이 구성되기까지 했으니 말입니다.

이 상황에서 바울은 자신이 바리새인이라는 것을 부각시키며 부활에 대한 견해 차이로 갈등을 빚고 있는 사두개인과 바리새인의 갈등을 조장하였습니다. 순간 논점이 흐려졌습니다. 일시적으로 바리새인들이 바울이 바리새인이란 말을 듣고 순간 바울을 지지한 것입니다. 그렇지만 해결된 것은 아니었습니다. 바울은 두려웠을 것입니다. 그날 밤 주님의 말씀이 없었다면 말입니다.

> "그 날 밤에 주께서 바울 곁에 서서 이르시되 담대하라 네가 예루
> 살렘에서 나의 일을 증언한 것 같이 로마에서도 증언하여야 하리
> 라 하시니라"(행23:11)

이런 이야기였습니다. '네가 죽고 싶어도 죽을 수가 없다. 왜냐하면 사명이 남아있기 때문이다.' 이것이 바울을 살게 한 힘이었습니다.

'모든 것이 무너질 때 살게 하는 근거인 부르심, 사명이 나에게는 있습니까?'

* Meditatio 묵상
오늘 말씀을 통하여 깨닫게 된 것을 짧게 적어보십시오.

하나님의 사람에게는

* Lexio 읽기 / 사도행전 23:12-35
가능하면 오늘의 본문을 먼저 읽는 것이 좋지만 바로 아래 글을 읽어도 좋습니다. 충분히 본문을 이해하도록 배려하며 글을 썼습니다. 혹시 본문을 읽으신 분은 감동이 오는 말씀이나 단어 혹은 느낌을 간단히 적으시면 좋습니다.

"날이 새매 유대인들이 당을 지어 맹세하되 바울을 죽이기 전에는 먹지도 아니하고 마시지도 아니하겠다 하고 이같이 동맹한 자가 사십여 명이더라"(행23:12-13)

그들은 바울을 죽이기로 하고 음모를 세웁니다. 바울을 다시 한 번 더 조사할 것이 있다고 천부장에게 요청하고, 바울이 조사할 장소로 이동할 때 죽이겠다는 계획이었습니다. 다행히 이 사실을 바울의 생질이 알고 바울에게 고했고 바울은 한 백부장에게 이야기함으로 그 음모는 진행되지 못하였습니다.

어쨌든 천부장은 이러한 유대인들의 움직임을 심각하게 여겼습니다. 더욱이 바울이 로마 시민권자였기 때문에 안전을 소홀히 할 수 없었습니다. 결국 천부장은 바울을 가이사랴에 있는 벨릭스 총독에게로 이송할 것을 결정합니다.

바울을 호송하는 일행은 대단했습니다. 우선 유대인들이 눈치 채지 못하게 밤 9시경에 바울을 말에 태워 이동하게 하였습니다. 더욱이 신변 보호를 위한 경호는 상상을 초월하는 것이었습니다. 백부장 두 명이 경호를 맡았습니다.

> "백부장 둘을 불러 이르되 밤 제 삼 시에 가이사랴까지 갈 보병 이백 명과 기병 칠십 명과 창병 이백 명을 준비하라"(행23:23)

그리고 총독 벨릭스에게 천부장 글라우디오 루시아가 편지를 적었습니다.

> "유대인들이 무슨 일로 그를 고발하는지 알고자 하여 그들의 공회로 데리고 내려갔더니 고발하는 것이 그들의 율법 문제에 관한 것뿐이요 한 가지도 죽이거나 결박할 사유가 없음을 발견하였나 이다"(행23:28-29)

아무리 강력하게 음모를 꾸미더라도 하나님이 허락하시지 않으면 소용이 없음을 봅니다. 특히 바울 같은 하나님의 사람에게는 말입니다.

'바울은 하나님의 사람입니다. 하나님이 사명대로 이끄실 것입니다. 당연한 일 아닙니까?'

* Meditatio 묵상
오늘 말씀을 통하여 깨닫게 된 것을 짧게 적어보십시오.

전염병 같은 자

* Lexio 읽기 / 사도행전 24:1-9

가능하면 오늘의 본문을 먼저 읽는 것이 좋지만 바로 아래 글을 읽어도 좋습니다. 충분히 본문을 이해하도록 배려하며 글을 썼습니다. 혹시 본문을 읽으신 분은 감동이 오는 말씀이나 단어 혹은 느낌을 간단히 적으시면 좋습니다.

> "총독이 읽고 바울더러 어느 영지 사람이냐 물어 길리기아 사람
> 인 줄 알고 이르되 너를 고발하는 사람들이 오거든 네 말을 들으
> 리라 하고 헤롯 궁에 그를 지키라 명하니라"(행23:34-35)

바울이 가이사랴에 구금된 지 5일 지난 후 예루살렘에서 대제사장 아나니아가 장로들과 변호사 더둘로와 함께 와서 총독에게 정식으로 고발하였습니다. 변호사 더둘로는 미사여구로 벨릭스 총독에게 아부 발언을 한 후 세 가지 죄목을 제시하였습니다.

첫째는 "전염병 같은 자"로 유대인들을 선동하는 반정부적 소요를 주동한 자라고 뒤집어씌웁니다. 둘째는 소위 이단 종파인 "나사렛 이단의 우두머리"라는 죄목이었고, 마지막은 예루살렘 성전을 모독한 죄인이라는 죄목이었습니다.

> "우리가 보니 이 사람은 전염병 같은 자라 천하에 흩어진 유대인
> 을 다 소요하게 하는 자요 나사렛 이단의 우두머리라 그가 또 성
> 전을 더럽게 하려 하므로"(행24:5-6)

분명히 더둘로의 의도는 로마가 추구하는 '팍스 로마나'를 깨뜨리는 선동자로 몰려는 것이 분명했습니다. 일종의 정치적 의도를 가진 모함이었습니다. 앞에서 자세히 다루지 않았지만 예루살렘에서 소동이 일어났을 때 천부장은 바울을 예전 예루살렘에서 반란을 일으킨 후 패퇴하여 광야로 사천 명을 데리고 들어간 이로 오해했었습니다. 그래서 일천에 가까운 군사를 끌고 그 장소로 갔었던 것입니다. 그것 자체가 누군가 바울 일행을 반란 음모자로 음해하고자 했음을 말하는 것이었습니다.

이번에도 더둘로는 그렇게 몰아가려고 소요 반란죄를 첫 번째 죄목으로 들이댄 것입니다. 하지만 벨릭스 총독은 전혀 반응이 없었습니다. 심지어 나중에 벨릭스 총독은 친 기독교적 반응을 보였던 아내 유대 여자 드루실라와 함께 바울의 말씀을 듣기도 합니다. 왜냐하면 예루살렘의 반란을 진압한 이가 바로 벨릭스 총독이었기 때문입니다. 그러니까 모든 상황을 꿰뚫고 있었던 것입니다. 더둘로는 그것을 간과한 것으로 보입니다. 그러나 한 가지는 분명했습니다. 바울을 "전염병 같은 자"라고 부른 것 말입니다. 그의 말을 달리 말하면 영향력이 있다는 말이었습니다. 총독까지 흔들리게 하는 영향력 말입니다. 그 사람이 바울이었습니다.

'바울은 전염병 같은 자였습니다. 이 표현이 어떻게 들리십니까?'

* Meditatio 묵상
오늘 말씀을 통하여 깨닫게 된 것을 짧게 적어보십시오.

- -

- -

흔들림이 없었다

* Lexio 읽기 / 사도행전 24:10-27

가능하면 오늘의 본문을 먼저 읽는 것이 좋지만 바로 아래 글을 읽어도 좋습니다. 충분히 본문을 이해하도록 배려하며 글을 썼습니다. 혹시 본문을 읽으신 분은 감동이 오는 말씀이나 단어 혹은 느낌을 간단히 적으시면 좋습니다.

"우리가 보니 이 사람은 전염병 같은 자라"(행24:5)

더둘로의 고소 이후 벨릭스 총독은 바울에게 자기 변론할 기회를 주었습니다. 그 기회 앞에 바울이 할 수 있는 변론이란 정직함이었습니다.

바울의 변론은 간단했습니다. 우선 예루살렘에 온 지 지금까지 12일밖에 되지 않았다는 것을 강조합니다. 그 기간에 야고보와 예루살렘 교회를 만나고 유대인의 결례를 행하다 끝나는 날인 칠 일째 되는 날에 유대인들에게 성전 모독죄로 잡혔다는 것을 말하였습니다. 그리고 구금되었다가 지금 여기 가이사랴까지 12일이 지났다고 설명한 것입니다. 가장 중요한 기소거리였던 "전염병 같은 자"로 반정부적 소요를 주도했다고 뒤집어 쓸 고발이 근거를 잃는 순간이었습니다.

바울의 변론은 나사렛 이단으로 몰아붙이는 것 역시 유대교와 같이 부활을 믿으며 동일하신 하나님을 믿는 종교임을 강조하였습니다. 또

한 예루살렘에 온 목적은 반란이 아니라 예루살렘 백성들을 구제하기 위하여 제물을 가지고 왔었다는 것을 강조하였습니다.

재판은 싱겁게 끝나고 말았습니다. 선고 공판만 뒤로 미뤄졌을 뿐 이미 바울의 죄는 무죄였습니다. 그런 까닭에 벨릭스 총독은 최종 판결이 있기 전까지 "바울을 지키되 자유를 주고 그의 친구들이 그를 돌보아 주는 것을 금하지 말라"(행24:23)고 명령하였습니다.

그것만이 아니었습니다. 벨릭스 총독은 아내 드루실라와 함께 바울을 불러 신앙에 관한 이야기를 들었습니다. 물론 아내 드루실라와 달리 벨릭스는 바울에게서 그 구제금을 얻고자 하는 마음 때문이었지만 말입니다. 어찌된 상황이든 간에 바울은 매우 정확하게 복음을 강론하였습니다.

> "벨릭스가 그 아내 유대 여자 드루실라와 함께 와서 바울을 불러 그리스도 예수 믿는 도를 듣거늘 바울이 의와 절제와 장차 오는 심판을 강론하니 벨릭스가 두려워하여"(행24:24-25)

'바울은 조금도 흔들림이 없었습니다. 복음 때문이었음은 두말할 것도 없습니다. 어떻게 생각하십니까?'

* Meditatio 묵상
오늘 말씀을 통하여 깨닫게 된 것을 짧게 적어보십시오.

가이사에게 상소하다

* Lexio 읽기 / 사도행전 25:1–12
가능하면 오늘의 본문을 먼저 읽는 것이 좋지만 바로 아래 글을 읽어도 좋습니다. 충분히 본
문을 이해하도록 배려하며 글을 썼습니다. 혹시 본문을 읽으신 분은 감동이 오는 말씀이나
단어 혹은 느낌을 간단히 적으시면 좋습니다.

"이태가 지난 후 보르기오 베스도가 벨릭스의 소임을 이어받으
니 벨릭스가 유대인의 마음을 얻고자 하여 바울을 구류하여 두
니라"(행24:27)

바울에 대한 최종 판결은 미뤄진 지 2년이 지나면서 벨릭스 총독 후
임으로 베스도 총독이 부임하였습니다. 일단 벨릭스는 유대인들의 환
심을 사기 위하여 비교적 자유로웠던 바울을 감옥에 가두었습니다.

부임한 지 3일 후 예루살렘을 방문하였을 때 대제사장들과 유대인들
은 다시 바울을 고발하면서 예루살렘에서 재판할 것을 요청합니다. 이
렇게 요청한 이유는 이송 도중 살해하려는 의도 때문이었습니다.

"바울을 고소할새 베스도의 호의로 바울을 예루살렘으로 옮기기
를 청하니 이는 길에 매복하였다가 그를 죽이고자 함이더라"
(행25:2–3)

베스도는 유대인들의 제안을 받아들일 수 없었습니다. 당연히 바울이 로마 시민권자였기 때문이었습니다. 그래서 유대인들은 다시 재판을 위해 가이사랴로 오게 되었습니다. 유대인에게 호의적인 베스도를 믿었던 것으로 보입니다. 하지만 가이사랴로 올라온 유대인들의 무리들은 바울을 결정적인 증거를 가진 죄목으로 고소할 수 없었습니다. 바울이 주장한 것처럼 사실 바울에게는 결정적 죄가 없었기 때문입니다.

> "바울이... 이르되 유대인의 율법이나 성전이나 가이사에게나 내
> 가 도무지 죄를 범하지 아니하였노라"(행25:8)

베스도가 할 수 있는 일은 예루살렘으로 보내달라는 유대인들의 제안을 받아들이는 것이었습니다. 하지만 이번에는 바울이 절대 반대하였습니다. 자신이 잘못한 것이 없다는 것이 바울의 이유였지만 바울 역시 유대인들의 음모를 알았던 것으로 보입니다. 그래서 바울이 선택한 것이 로마 시민권자로서 가이사에게 직접 상소하는 것이었습니다.

> "내가 가이사께 상소하노라"(행25:11)

'참 기막힌 바울의 처신입니다. 물론 그에게는 로마로 가야한다는 주님의 환상이 중요했습니다. 이처럼 삶 전체를 끌고 갈만한 비전과 환상이 나에게는 있습니까?'

* Meditatio 묵상
오늘 말씀을 통하여 깨닫게 된 것을 짧게 적어보십시오.

바울이 이해되십니까?

* Lexio 읽기 / 사도행전 25:13-27
가능하면 오늘의 본문을 먼저 읽는 것이 좋지만 바로 아래 글을 읽어도 좋습니다. 충분히 본문을 이해하도록 배려하며 글을 썼습니다. 혹시 본문을 읽으신 분은 감동이 오는 말씀이나 단어 혹은 느낌을 간단히 적으시면 좋습니다.

"만일 내가 불의를 행하여 무슨 죽을 죄를 지었으면 죽기를 사양

하지 아니할 것이나 만일 이 사람들이 나를 고발하는 것이 다 사

실이 아니면 아무도 나를 그들에게 내줄 수 없나이다 내가 가이

사께 상소하노라"(행25:11)

아무리 유대인들이 애를 썼지만 바울에게서 뾰족하게 죄를 찾을 수 없었습니다. 그렇게 차일피일 미루던 어느 날 아그립바 왕이 베스도 총독을 찾아왔습니다. 헤롯 아그립바 2세였습니다. 아그립바 왕은 누이 버니게와 동행하고 있었습니다.

"수일 후에 아그립바 왕과 버니게가 베스도에게 문안하러 가이사

랴에 와서 여러 날을 있더니"(행25:13-14)

베스도는 부임하자마자 그 당시 가장 뜨거운 문제였던 바울 문제를 아그립바 왕에게 자문을 구하고 재판에 함께 참여해주길 원하였습니다. 드디어 베스도가 아그립바 왕과 함께 재판정에 들어섰습니다. 사실

거의 모든 재판은 끝났고 선고 공판하는 자리 같은 곳이었습니다. 베스도의 판결은 아무리 유대인들이 "살려두지 못할 사람"(행25:24)이라고 주장하였지만 무죄였습니다. 그래서 당장 석방하고 싶은데 문제는 바울이 가이사에게 재판을 요청한 것입니다. 그것이 베스도 총독의 고민이었습니다.

그런데 간단한 문제가 아니었습니다. 왜냐하면 베스도가 볼 때 바울에게는 죄가 없었기 때문입니다. 죄가 없는 사람을 로마 황제에게 보낼 수가 없었던 것입니다. 그래서 베스도는 아그립바 왕에게 도움을 요청한 것이었습니다. 죄목을 찾아달라는 것이었습니다.

> "그에 대하여 황제께 확실한 사실을 아뢸 것이 없으므로 심문한 후 상소할 자료가 있을까 하여 당신들 앞 특히 아그립바와 당신 앞에 그를 세웠나이다 그 죄목도 밝히지 아니하고 죄수를 보내는 것이 무리한 일인 줄 아나이다"(행25:26-27)

물론 유대인들은 바울을 죽이려고 혈안이 되어 있었지만 바울은 복음 때문에 로마에 가고 싶어 했습니다. 기막힌 바울이었습니다.

'바울이 이해되십니까?'

* Meditatio 묵상
오늘 말씀을 통하여 깨닫게 된 것을 짧게 적어보십시오.

너무나 다른 두 사람

* Lexio 읽기 / 사도행전 26:1-23
가능하면 오늘의 본문을 먼저 읽는 것이 좋지만 바로 아래 글을 읽어도 좋습니다. 충분히 본문을 이해하도록 배려하며 글을 썼습니다. 혹시 본문을 읽으신 분은 감동이 오는 말씀이나 단어 혹은 느낌을 간단히 적으시면 좋습니다.

> "그 죄목도 밝히지 아니하고 죄수를 보내는 것이 무리한 일인 줄
> 아나이다"(행25:27)

베스도의 부탁을 받은 아그립바 왕은 먼저 바울의 말을 들어봅니다. 베스도 총독과 달리 유대인에 대하여 나름대로 알고 있는 아그립바 왕에게 자신에 대해 말할 수 있다는 것을 감사하다고 밝힌 후 바울은 변론을 시작하였습니다.

바울은 먼저 자신이 걸어왔던 과거의 행적을 소개하였습니다. 특히 자신이 얼마나 열심 있는 유대 바리새인인지, 뿐만 아니라 기독교인들을 얼마나 열심히 핍박했었는지를 설명하였습니다. 이어 바울이 도전적인 물음을 던졌습니다.

> "당신들은 하나님이 죽은 사람을 살리심을 어찌하여 못 믿을 것
> 으로 여기나이까"(행26:8)

더 나아가 바울은 자신이 대제사장들에게서 특별한 권한을 받고 기

독교인들을 핍박하였다는 사실과 다메섹으로 가던 것도 그 이유 때문이라고 설명하였습니다. 그러던 중 바울이 주님의 음성을 들은 것, 더욱이 메시야이신 예수를 핍박하던 그가 오히려 메시야이신 예수로부터 사명을 받았다는 것을 설명하였습니다.

> "네가 나를 본 일과 장차 내가 네게 나타날 일에 너로 종과 증인
> 을 삼으려 함이니… 아그립바 왕이여 그러므로 하늘에서 보이신
> 것을 내가 거스르지 아니하고"(행25:16,19)

이것이 바울이 변한 이유였습니다. 이 말을 듣고 있던 아그랍바 왕은 이해할 수 없었을 것입니다. 왜냐하면 왕은 불의함을 꿈꾸고 있었기 때문입니다.

요세푸스의 기록에 의하면 지금 아그립바와 함께 바울 앞에 있는 누이 버니게는 남편 마르쿠스가 죽자 삼촌과 결혼했던 경력이 있는 여자였는데, 그 남편마저 죽은 후 친오빠인 아그립바와도 통정한 여자였습니다. 어쩌면 지금이 그 상황이었을지도 모릅니다. 그런 아그립바 왕이 바울을 이해한다는 것은 불가능한 일이 아니겠습니까?

'아그립바와 바울, 달라도 너무나 다른 두 사람이었습니다. 부요하지만 타락한 아그립바와 가난하지만 하나님 앞에 선 바울, 누가 더 측은해 보이십니까?'

* Meditatio 묵상
오늘 말씀을 통하여 깨닫게 된 것을 짧게 적어보십시오.

왕이 아니라 사람으로 보이다

* Lexio 읽기 / 사도행전 26:24-32

가능하면 오늘의 본문을 먼저 읽는 것이 좋지만 바로 아래 글을 읽어도 좋습니다. 충분히 본문을 이해하도록 배려하며 글을 썼습니다. 혹시 본문을 읽으신 분은 감동이 오는 말씀이나 단어 혹은 느낌을 간단히 적으시면 좋습니다.

> "아그립바 왕이여 그러므로 하늘에서 보이신 것을 내가 거스르지
> 아니하고 먼저 다메섹과 예루살렘에 있는 사람과 유대 온 땅과
> 이방인에게까지 회개하고 하나님께로 돌아와서 회개에 합당한
> 일을 하라 전하므로"(행25:19-20)

바울의 계속된 변론은 단순히 자신을 변론하는 것이 아니라 아그립바에게 복음을 전하는 것이었습니다. 그 모습을 보고 있던 베스도가 바울의 태도가 얼마나 무모한 일인지를 경고하였습니다. 그는 바울에게 "네가 미쳤도다 네 많은 학문이 너를 미치게 한다"(행26:24)고 외칩니다.

바울이 말하고 있는 대상은 왕이었기 때문입니다. 하지만 바울은 베스도 총독의 경고 섞인 발언 앞에 "내가 미친 것이 아니요 참되고 온전한 말을 하나이다"(행26:25)라는 대답으로 일축하고 아그립바 왕을 설득하는 발언을 계속하였습니다.

> "왕께서는 이 일을 아시기로 내가 왕께 담대히 말하노니 이 일에
> 하나라도 아시지 못함이 없는 줄 믿나이다 이 일은 한쪽 구석에

서 행한 것이 아니니이다 아그립바 왕이여 선지자를 믿으시나이
까 믿으시는 줄 아나이다"(행26:26-27)

이 같은 발언을 들으며 아그립바 왕은 바울이 자신에게 전도하고 있
다는 사실을 알아차립니다.

"아그립바가 바울에게 이르되 네가 적은 말로 나를 권하여 그리
스도인이 되게 하려 하는도다"(행26:28)

실제로 바울은 아그립바 왕만이 아니라 거기 있는 사람들에게 복음
을 전하고 있었던 것이 사실입니다.

"말이 적으나 많으나 당신뿐만 아니라 오늘 내 말을 듣는 모든 사
람도 다 이렇게 결박한 것 외에는 나와 같이 되기를 하나님께 원
하나이다"(행26:29)

바울의 발언은 분명히 무모한 발언이었지만 그가 볼 때 아그립바 왕
과 베스도 총독 등은 복음을 들어야 할 대상에 불과했던 것입니다. 그
의 눈에는 왕이 아니라 구원받아야 할 사람으로 보였던 것입니다. 이미
세상을 넘어선 바울의 모습이었습니다.

'세상 앞에서 나는 어떤 태도를 갖고 있습니까?'

* Meditatio 묵상
오늘 말씀을 통하여 깨닫게 된 것을 짧게 적어보십시오.

제 10 부

사도행전 29장

바울의 직관

* Lexio 읽기 / 사도행전 27:1-13

가능하면 오늘의 본문을 먼저 읽는 것이 좋지만 바로 아래 글을 읽어도 좋습니다. 충분히 본
문을 이해하도록 배려하며 글을 썼습니다. 혹시 본문을 읽으신 분은 감동이 오는 말씀이나
단어 혹은 느낌을 간단히 적으시면 좋습니다.

> "이에 아그립바가 베스도에게 이르되 이 사람이 만일 가이사에
>
> 게 상소하지 아니하였더라면 석방될 수 있을 뻔하였다 하니라"
>
> (행26:32)

총독 베스도, 왕 아그립바 두 사람 모두 바울을 감당할 수 없었습니다. 물론 로마 시민권자라는 사실이 영향을 주었겠지만 그들은 바울을 어떻게 할 수가 없었습니다. 또한 그들은 바울이 가이사의 재판을 요청하였을지라도 얼마든지 바울을 석방할 수 있었습니다. 무죄였기 때문입니다. 하지만 그들은 바울이 가이사에게 상소했다는 이유를 들어 로마 파송을 결정합니다. 사실은 그냥 석방시켰을 경우 유대인들이 보일 반발을 염려했던 것입니다.

로마 호송의 책임은 아구스도대, 곧 친위대의 백부장 율리오가 맡았습니다. 바울과 함께 압송되는 죄수는 몇 명 더 있었습니다. 바울이 탄 배는 구브로 해안을 끼는 등 가능한 육지가 보이는 항로를 따라 항해하였습니다. 그리고 "루기아의 무라 시"(행27:5)에 이른 후 이탈리아

로마까지 가기 위해서는 다시 배를 갈아타야 했습니다. 겨울이 오기 전에 도착을 예정하여 항해하였지만 날씨 사정이 운행을 더디게 하였습니다.

바울이 탄 배가 "라새아 시"에서 가까운 "미항"(행27:8)에 이르렀을 때였습니다. 예정대로 겨울 전에 이탈리아에 도착하는 것이 불가능할 뿐 아니라 더 항해하는 것조차 힘들다고 바울은 판단하였습니다.

> "여러분이여 내가 보니 이번 항해가 하물과 배만 아니라 우리 생
> 명에도 타격과 많은 손해를 끼치리라"(행27:10)

하지만 백부장은 선장의 말을 더 믿었습니다. 조금이라도 더 항해하여 뵈닉스에서 겨울을 나기로 결정하였습니다. 더욱이 출발하면서 순풍까지 불어주었습니다. 하지만 아니었습니다. 그들은 바울이 말한 대로 치명적인 위기의 광풍 "유라굴로"(행27:14)을 만났습니다.

바울의 직관이었습니다. 하나님의 사람들만이 알 수 있는 지혜와 통찰력이었습니다. 사람들에게 없는 것이었습니다.

'우리 주변에서 그런 통찰력과 직관을 가진 크리스천들의 예를 살펴보십시오.'

* Meditatio 묵상
오늘 말씀을 통하여 깨닫게 된 것을 짧게 적어보십시오.

- -

- -

망하지 않는다!

* Lexio 읽기 / 사도행전 27:14-26

가능하면 오늘의 본문을 먼저 읽는 것이 좋지만 바로 아래 글을 읽어도 좋습니다. 충분히 본문을 이해하도록 배려하며 글을 썼습니다. 혹시 본문을 읽으신 분은 감동이 오는 말씀이나 단어 혹은 느낌을 간단히 적으면 좋습니다.

- -

- -

> "남풍이 순하게 불매 그들이 뜻을 이룬 줄 알고 닻을 감아 그레데
> 해변을 끼고 항해하더니 얼마 안 되어 섬 가운데로부터 유라굴로
> 라는 광풍이 크게 일어나니"(행27:13-14)

"남풍이 순하게 불매 그들이 뜻을 이룬 줄" 안 것은 세상 지식과 기대의 한계였습니다. 그들은 전혀 예상하지 못한 광풍 "유라굴로"를 만난 것입니다. 곧 배는 통제 불가능한 상태에 빠졌습니다. 그 당시 바람에 의존하였던 배의 상태로 볼 때 매우 위험한 상황이었습니다. 더욱이 선원들이 걱정하는 것은 좌초당하는 것이었습니다. 해안을 끼고 항해하는 까닭에 "스르디스"(행27:17), 즉 "모래바다"(공동번역/행27:17)에 걸리면 끝이었기 때문입니다. 이제 가능한 배를 가볍게 해야 했습니다.

> "우리가 풍랑으로 심히 애쓰다가 이튿날 사공들이 짐을 바다에
> 풀어 버리고 사흘째 되는 날에 배의 기구를 그들의 손으로 내버
> 리니라"(행27:18-19)

그들이 버린 것은 그들이 소중히 여기던 배의 짐들만이 아니었습니다. 그들은 "살아 돌아 갈 희망"(공동번역/행27:20)도 버려야 했습니다.

> "여러 날 동안 해도 별도 보이지 아니하고 큰 풍랑이 그대로 있으
> 매 구원의 여망마저 없어졌더라"(행27:20)

바로 그때였습니다. 절망하고 있는 그들 앞에서 바울이 희망을 말한 것입니다. 먼저 자신의 말을 듣지 않고 항해를 시작한 것을 지적하고 난 후였지만 바울은 한 명도 다치지 않고 모두 무사할 것이라고 단언하였습니다. 바울이 이렇게 확신하는 근거는 오직 하나님이셨습니다.

> "내가 속한 바 곧 내가 섬기는 하나님의 사자가 어제 밤에 내 곁
> 에 서서 말하되 바울아 두려워하지 말라 네가 가이사 앞에 서야
> 하겠고 또 하나님께서 너와 함께 항해하는 자를 다 네게 주셨다
> 하였으니 그러므로 여러분이여 안심하라 나는 내게 말씀하신 그
> 대로 되리라고 하나님을 믿노라"(행27:23-25)

'사명이 있는 자는 망하지 않는다!' 두말할 것도 없이 진실입니다. 바울은 그것을 알고 있었습니다.

'인생을 걸어가는 동안 하나님이 주신 사명, 바울과 같은 확신을 갖고 있습니까?'

* Meditatio 묵상
오늘 말씀을 통하여 깨닫게 된 것을 짧게 적어보십시오.

사람 이상의 사람

* Lexio 읽기 / 사도행전 27:27-44

가능하면 오늘의 본문을 먼저 읽는 것이 좋지만 바로 아래 글을 읽어도 좋습니다. 충분히 본문을 이해하도록 배려하며 글을 썼습니다. 혹시 본문을 읽으신 분은 감동이 오는 말씀이나 단어 혹은 느낌을 간단히 적으시면 좋습니다.

> "그러므로 여러분이여 안심하라 나는 내게 말씀하신 그대로 되리라고 하나님을 믿노라 그런즉 우리가 반드시 한 섬에 걸리리라"
>
> (행27:25-26)

어떻게 보면 이상하게 보일지 모르지만 바울의 자신감은 하나님을 믿는 믿음에서 나온 것이었습니다. 그들은 14일 동안 광풍 "유라굴로" 속에서 죽음을 경험해야 했습니다. 그런 상황에서 선원들은 이 배를 버리고 작은 거룻배를 타고 도망갈 계획을 세웁니다. 하지만 그렇게 할 경우 결코 살 수 없다고 바울은 느꼈습니다. 선장과 선원들의 말보다 바울의 말을 더 신뢰하게 된 백부장과 군인들이 그들의 시도를 저지합니다.

14일 동안 죽음과 싸워온 그들은 거의 아무 것도 먹지 못한 상태였습니다. 그런 그들에게 바울은 음식 먹기를 권하면서 한 명도 죽지 않을 것이라고 강조하고 위로합니다. 그 순간 그들 모두는 하나님 안에서 위로와 평화를 누립니다. 일종의 교회였습니다.

"바울로는 모든 사람 앞에서 빵을 들어 하나님께 감사의 기도를 드린 다음 떼어서 먹기 시작하였다. 그러자 사람들은 용기를 얻어서 모두 음식을 먹었다."(공동번역/행27:35-36)

그 만찬이 끝난 다음 날 아침 그들은 "경사진 해안으로 된 항만"(행 27:39)을 보게 됩니다. 하지만 배가 해안에 접안하는 것은 불가능하였습니다. 배를 버리고 움직여야 했습니다. 군인들은 이 틈을 타서 죄수들이 도망갈 것을 염려하여 모두 죽이는 것을 계획합니다. 하지만 백부장이 제동을 걸었습니다. 바로 바울 때문이었습니다.

"군인들은 죄수가 헤엄쳐서 도망할까 하여 그들을 죽이는 것이 좋다 하였으나 백부장이 바울을 구원하려 하여 그들의 뜻을 막고 헤엄칠 줄 아는 사람들을 명하여 물에 뛰어내려 먼저 육지에 나가게 하고"(행27:42-43)

백부장이 볼 때 바울은 사람 이상의 사람이었습니다. 그동안 결코 만나보지 못한 사람이었습니다. 바로 진정한 하나님의 사람의 모습이었습니다.

'당신은 이런 사람입니까?'

* Meditatio 묵상
오늘 말씀을 통하여 깨닫게 된 것을 짧게 적어보십시오.

- -

- -

겨울에도 봄을 느끼다

* Lexio 읽기 / 사도행전 28:1-10
가능하면 오늘의 본문을 먼저 읽는 것이 좋지만 바로 아래 글을 읽어도 좋습니다. 충분히 본
문을 이해하도록 배려하며 글을 썼습니다. 혹시 본문을 읽으신 분은 감동이 오는 말씀이나
단어 혹은 느낌을 간단히 적으시면 좋습니다.

> "백부장이 바울을 구원하려 하여 그들의 뜻을 막고 헤엄칠 줄 아
> 는 사람들을 명하여 물에 뛰어내려 먼저 육지에 나가게 하고...
> 우리가 구조된 후에 안즉 그 섬은 멜리데라 하더라"(행27:43,28:1)

광풍 유라굴로와 죽음의 바다를 지나 상륙한 그곳은 멜리데 섬, 지
금의 몰타였습니다. 죽음에서 살아나온 그들을 바라보면서 원주민들은
불을 피워주고 먹을 것을 가져다주었습니다. 그런데 갑자기 돌발사태
가 벌어졌습니다. 독사가 바울의 손을 문 것입니다. 순간 사람들은 바
울을 피할 수 없는 살인자라고 생각했습니다.

> "원주민들이 이 짐승이 그 손에 매달려 있음을 보고 서로 말하되
> 진실로 이 사람은 살인한 자로다 바다에서는 구조를 받았으나 공
> 의가 그를 살지 못하게 함이로다"(행28:4)

하지만 아무 것도 아니었습니다. 툭 떨어 버리는 것으로 끝났습니다.
사람들은 곧 몸이 붓든지, 혹은 죽든지 할 것이라고 생각했지만 아무런

일도 일어나지 않았습니다. 기적이었습니다. 그들은 바울을 "신(神)이라"(행28:6)고 하였습니다.

그리고 그 섬에는 실질적인 지배자인 보블리오라고 하는 이가 있었는데 그는 바울 일행에게 사흘이나 친절을 베풀었습니다. 하지만 안타깝게도 보블리오의 아버지는 열병과 이질로 고생하고 있었습니다. 그 사실을 알고 바울은 보블리오의 아버지를 위해 안수하였고, 그는 기도로 건강하게 됩니다. 소문은 금방 섬 전체로 퍼져나갔고 사람들이 몰려왔습니다. 바울은 그들의 병 역시 고쳐주었습니다.

그렇게 석 달을 그 섬에서 지내고 봄이 오자 바울 일행은 그 섬을 떠나고자 했습니다. 그 섬의 사람들이 바울 일행에게 어떤 반응을 보였을지 충분히 짐작할 수 있을 것입니다.

> "그들은 우리에게 많은 선물로 갚아 주었고 우리가 떠날 때에는
> 항해에 필요한 물건들을 배에 실어 주었다."(공동번역/행28:10)

마치 바람이 불고 물이 흐르듯이 자연스러운 일이었습니다. 기적은 일상이고, 평화는 자연스러웠습니다. 바울처럼 하나님을 믿는 자들에게 주어지는 샬롬은 겨울에도 봄을 느끼는 모습이었습니다.

'신앙은 겨울에도 봄을 느끼게 합니다. 그렇지 않습니까?'

* Meditatio 묵상
오늘 말씀을 통하여 깨닫게 된 것을 짧게 적어보십시오.

바울이 로마에 도착하다

* Lexio 읽기 / 사도행전 28:11~22

가능하면 오늘의 본문을 먼저 읽는 것이 좋지만 바로 아래 글을 읽어도 좋습니다. 충분히 본문을 이해하도록 배려하며 글을 썼습니다. 혹시 본문을 읽으신 분은 감동이 오는 말씀이나 단어 혹은 느낌을 간단히 적으시면 좋습니다.

"석 달 후에 우리가 그 섬에서 겨울을 난 알렉산드리아 배를 타

고 떠나니"(행28:11)

석 달 후 멜리데 섬을 떠난 바울 일행은 수라구사, 레기온, 보디올을 지나 로마에 도착합니다. 바울이 그토록 오고 싶어 했던 로마였습니다.

"그 곳 형제들이 우리 소식을 듣고 압비오 광장과 트레이스 타베

르네까지 맞으러 오니 바울이 그들을 보고 하나님께 감사하고 담

대한 마음을 얻으니라"(행28:15)

로마에도 믿음 안에서 형제 된 자들이 있었습니다. 그들이 존재하는 것만으로 바울에게는 위로와 감사가 되었습니다.

"그들을 본 바울로는 하나님께 감사를 드리고 용기를 얻었다."

(공동번역/행28:15)

바울이 사역하지 않은 곳에도 하나님께서는 일하고 계셨기 때문입니

다. 내가 없어도 어디든 복음은 퍼져나가기 때문입니다. 그것이 위로였을 것입니다.

로마에서 바울이 제일 먼저 한 일은 로마의 유대 지도자들을 만나는 것이었습니다. 사실 가말리엘 문하의 제자이기도 했고 한때 대제사장의 권력을 행사하는 실권자였던 그가 총독들 앞에서, 심지어 아그립바 왕 앞에서 담대히 복음을 전한 사건이 소문났을 것은 뻔 한 일이었습니다. 그런 까닭에 그들은 바울의 초청에 응했을 것으로 보입니다.

바울이 그들을 만나서 한 일은 복음을 전하는 것이었습니다. 그 복음의 핵심은 구약의 성취인 그리스도, 곧 메시야에 대한 이야기였습니다. 자신은 죄가 없지만 죄수로 온 것은 이 복음 때문이라는 것을 말하였습니다.

> "내가 지금 이 쇠사슬에 묶여 있는 것은 이스라엘 사람들이 희망
> 해 온 그리스도 때문입니다."(공동번역/행28:20)

이 같은 바울의 주장과 권면을 듣고 믿는 이들도 있었지만 여전히 믿지 않는 이들도 있었습니다. 어쨌든 바울이 로마에 왔습니다.

'마침내 로마에 온 바울을 보는 소감이 어떻습니까?'

* Meditatio 묵상
오늘 말씀을 통하여 깨닫게 된 것을 짧게 적어보십시오.

....

....

담대함의 근원

* Lexio 읽기 / 사도행전 28:23-31

가능하면 오늘의 본문을 먼저 읽는 것이 좋지만 바로 아래 글을 읽어도 좋습니다. 충분히 본문을 이해하도록 배려하며 글을 썼습니다. 혹시 본문을 읽으신 분은 감동이 오는 말씀이나 단어 혹은 느낌을 간단히 적으시면 좋습니다.

> "바울이 아침부터 저녁까지 강론하여 하나님의 나라를 증언하
> 고 모세의 율법과 선지자의 말을 가지고 예수에 대하여 권하더
> 라"(행28:23)

바울이 도착하자마자 한 일은 복음을 전하는 것이었습니다. 분명히 재판을 받기 위하여 로마에 도착한 것이지만 미결수 신분이었습니다. 더욱이 로마 시민권자였습니다. 그래서 그만큼 자유로울 수 있었습니다. 이처럼 로마에 있는 약 2년 동안 바울이 한 일은 복음을 전하는 것이었습니다. 더 중요한 것은 복음 전파의 담대함이었습니다. 조금도 거리낌이 없었습니다.

> "바울이 온 이태를 자기 셋집에 머물면서 자기에게 오는 사람을
> 다 영접하고 하나님의 나라를 전파하며 주 예수 그리스도에 관한
> 모든 것을 담대하게 거침없이 가르치더라"(행28:30-31)

이것만이 아니었습니다. 2년 동안 가이사 황제 친위대의 보호 관찰

을 받고 있었는데, 그들에게도 복음을 전한 것으로 보이기 때문입니다. 특히 죄인인 바울이 복음 때문에 매우 자발적으로 왔다는 것이 알려지자 복음의 핵심이신 예수 그리스도에 대한 관심이 증폭되었습니다. 심지어 바울을 감시하고 있었던 가이사의 친위대조차 예수를 영접하였기 때문입니다. 빌립보서를 보면 알 수 있습니다.

> "이러므로 나의 매임이 그리스도 안에서 모든 시위대 안과 그 밖의 모든 사람에게 나타났으니... 모든 성도들이 너희에게 문안하되 특히 가이사의 집 사람들 중 몇이니라"(빌1:13,4:22)

그만큼 담대했습니다. 바울이 믿지 않는 사람들에게 이사야 선지자를 인용하여 선포하는 경계성 권면을 보면 알 수 있습니다.

> "너희가 듣기는 들어도 도무지 깨닫지 못하며 보기는 보아도 도무지 알지 못하는도다"(행28:26)

'바울의 담대함의 근원은 예수 그리스도였습니다. 그 분이 살아계시기 때문이었습니다. 그렇지 않습니까?'

* Meditatio 묵상
오늘 말씀을 통하여 깨닫게 된 것을 짧게 적어보십시오.

사도행전 28장 이후 (1)

* Lexio 읽기 / 사도행전 28:30-31

가능하면 오늘의 본문을 먼저 읽는 것이 좋지만 바로 아래 글을 읽어도 좋습니다. 충분히 본문을 이해하도록 배려하며 글을 썼습니다. 혹시 본문을 읽으신 분은 감동이 오는 말씀이나 단어 혹은 느낌을 간단히 적으시면 좋습니다.

> "바울이 온 이태를 자기 셋집에 머물면서 자기에게 오는 사람을
> 다 영접하고 하나님의 나라를 전파하며 주 예수 그리스도에 관한
> 모든 것을 담대하게 거침없이 가르치더라"(행28:30-31)

사도행전의 마지막 기록처럼 바울은 A.D. 60년에서 62년경으로 보이는 약 2년 동안 재판을 기다리면서 지내고 있는 가택 연금 상태였습니다. 분명 군사들이 바울을 지키고 있었지만 비교적 자유롭게 사람들을 만나고 복음을 전할 수 있었습니다. 이때 빌립보서, 에베소서 등의 옥중서신이 쓰였습니다.

어떻게 된 일인지는 사도행전 역시 기록하고 있지 않지만 다른 바울 서신들을 참조할 때 사도행전 28장 기록에 있는 2년 동안의 가택 연금 후 바울은 풀려났습니다. 대체적으로 그 이유에 많은 주장이 있지만 부르스 윌킨슨 같은 학자들은 바울을 고소했던 유대인들이 가이사의 법정에서의 바울 공판에 참여하지 않았기 때문이라고(부르스 윌킨스 외, 한눈에 보는 성경, 디모데, 813) 주장하기도 합니다.

어떤 이유든 풀려난 바울은 그로부터 약 4년여 동안 복음을 전할 수 있었던 것으로 보입니다. 주로 로마를 중심으로 복음을 전하였지만 자유롭게 다녔던 것으로 보입니다. 바울은 에베소 교회나 골로새 교회 같은 소아시아 교회들을 방문하였고 특히 마게도냐로 갈 때에는 디모데를 에베소에 남겨두어 그 곳 교회를 치리하게 하였습니다(딤전1:3). 디모데전서는 이 같은 배경에서 디모데에게 보낸 목회서신입니다.

이후 바울이 계속 전도여행을 하면서 간 곳은 그레데 섬이었습니다. 그 곳의 여행을 마치고 떠날 때 디도를 그 곳에 남겨두었는데 이는 목회서신 디도서의 배경이 되었습니다. 이런 서신들을 참조할 때 바울의 로마 압송 이후에도 사역은 광범위하게 진행되고 있었음을 알 수 있습니다.

'불사조 같습니다. 바울의 복음 사역은 끝이 없기 때문입니다. 주님이 살아계시기 때문입니다. 아멘!'

* Meditatio 묵상
오늘 말씀을 통하여 깨닫게 된 것을 짧게 적어보십시오.

- -

- -

사도행전 28장 이후 (2)

* Lexio 읽기 / 디모데후서 4:9–18
가능하면 오늘의 본문을 먼저 읽는 것이 좋지만 바로 아래 글을 읽어도 좋습니다. 충분히 본문을 이해하도록 배려하며 글을 썼습니다. 혹시 본문을 읽으신 분은 감동이 오는 말씀이나 단어 혹은 느낌을 간단히 적으시면 좋습니다.

> "아무런 방해도 받지 않고 하나님 나라를 아주 대담하게 선포하
> 며 주 예수 그리스도에 관하여 가르쳤다."(공동번역/행28:31)

로마 연금에서 풀려난 후 바울의 전도여행은 마게도냐와 소아시아의 여러 지역을 넘어 그가 그토록 가고 싶어 했던 서바나(지금의 스페인)까지 계속되었을 가능성이 있습니다.

1세기가 지나기 전에 기록된 로마의 클레멘트의 기록에 보면 바울이 "서방세계 끝에 도착했다"(클레멘트전서5:7)고 기록하기 때문입니다. 정확한 것이라고 말할 수는 없지만 한 가지 분명한 것은 매우 폭넓게 전도여행을 다녔다는 것은 확실합니다.

이러한 흔적은 이후 다시 감옥에 갇힌 2차 투옥시절에 쓴 디모데후서를 보면 알 수 있습니다. 디모데에게 부탁하는 내용에서 바울이 다녔던 곳을 추측할 수 있습니다.

"네가 올 때에 내가 드로아 가보의 집에 둔 겉옷을 가지고 오고
또 책은 특별히 가죽 종이에 쓴 것을 가져오라... 에라스도는 고
린도에 머물러 있고 드로비모는 병들어서 밀레도에 두었노니"

(딤후4:13,20)

만일 바울이 최종 목적지인 스페인에 있었다면 그 곳을 떠나 그리스,
소아시아, 고린도, 밀레도, 그리고 드로아를 지날 때 체포된 것으로 보
입니다. 특히 디모데에게 가져오라고 부탁한 "겉옷"과 구약 성경으로
보이는 "특별히 가죽 종이 쓴 것"들을 두고 로마로 돌아갔을 리가 없기
때문입니다.

'바울이 드로아에서 체포되었다면 그럴만한 이유가 있었을까?'라고
질문을 던질 수 있습니다. 물론 충분히 그럴 수 있습니다. 그것은 64년
7월에 일어난 로마 대화재 사건을 네로가 기독교인을 희생양으로 삼았
기 때문입니다. 그때부터 기독교는 로마를 위협하는 종교로 평가되었
고 본격적인 핍박이 시작되었기 때문입니다. 그러니까 이 같은 시대적
상황에 편승해서 유대인들이 다시 바울을 충분히 고소할 명분을 얻었
을 수 있습니다. 여하튼 그 배경이 어떠하든지 바울의 로마 2차 투옥이
이루어집니다.

'바울의 복음에 대한 열정을 보는 소감을 말해보십시오.'

* Meditatio 묵상
오늘 말씀을 통하여 깨닫게 된 것을 짧게 적어보십시오.

사도행전 29장

* Lexio 읽기 / 디모데후서 4:1-8

가능하면 오늘의 본문을 먼저 읽는 것이 좋지만 바로 아래 글을 읽어도 좋습니다. 충분히 본문을 이해하도록 배려하며 글을 썼습니다. 혹시 본문을 읽으신 분은 감동이 오는 말씀이나 단어 혹은 느낌을 간단히 적으시면 좋습니다.

'로마의 기독교 박해!' 바울이 빌립보서 같은 옥중서신을 쓸 때만해도 낙관적인 분위기였던 것과 달리 바울의 2차 투옥이 이루어진 시점에서는 매우 얼어붙어 있었던 것으로 보입니다. 로마의 강한 박해 때문이었습니다. 이즈음에 바울을 떠나거나 변호하는 것을 회피하는 이들이 생겨납니다.

결국 바울은 재판을 받고 순교를 당한 것으로 보입니다. 그렇게 순교 당하기 전 가장 가까운 시기에 쓰인 책이 디모데후서입니다. 바울은 자신의 마지막을 예감했던 것 같습니다. 그래서 그가 아들처럼 여기던 디모데를 향한 애틋함이 느껴지는 것이 디모데후서의 분위기입니다.

> "너는 어서 속히 내게로 오라 데마는 이 세상을 사랑하여 나를 버리고 데살로니가로 갔고... 너는 겨울 전에 어서 오라"
>
> (딤후4:9-10,21)

하지만 슬프지 않습니다. 오히려 디모데후서 4장의 마지막 기록은 매우 장엄하게 느껴지는 것이 사실입니다. 하나님 나라를 위한 최고의 경주자였기 때문일 것입니다.

> "나는 선한 싸움을 싸우고 나의 달려갈 길을 마치고 믿음을 지켰
> 으니 이제 후로는 나를 위하여 의의 면류관이 예비되었으므로 주
> 곧 의로우신 재판장이 그 날에 내게 주실 것이며 내게만 아니라
> 주의 나타나심을 사모하는 모든 자에게도니라"(딤후4:7-8)

28장으로 사도행전은 끝났지만 우리가 살핀 것처럼 끝나지 않았습니다. 더욱이 바울만이 아니라 다른 사도들과 집사들, 그리고 초대교회의 수많은 성도들의 이야기는 끝나지 않았습니다. 쓰이지 않은 사도행전 29장에 기록될 부분입니다. 우리는 마지막 날 주님 앞에 설 때 29장에 기록될 사람들을 만날 것입니다. 감격스러울 것입니다.

> "우리에게 구름 같이 둘러싼 허다한 증인들이 있으니 모든 무거
> 운 것과 얽매이기 쉬운 죄를 벗어 버리고 인내로써 우리 앞에 당
> 한 경주를 하며 믿음의 주요 또 온전하게 하시는 이인 예수를 바
> 라보자"(히12:1-2)

'내가 쓸 사도행전 29장의 내용은 무엇이겠습니까?'

---

* Meditatio 묵상
오늘 말씀을 통하여 깨닫게 된 것을 짧게 적어보십시오.

사도행전 이야기
성령에 이끌려 걷다

사도행전은 누가복음과 짝을 이루고 있는 책입니다. 누가복음이 예수의 생애와 그 정점인 승천까지를 기록하고 있다면 사도행전은 승천 이후 오순절 성령의 도래, 교회의 생성 및 성장, 그리고 주님의 지상명령을 이루어가는 과정을 쓰고 있습니다.

성령이 교회를 시작하다

사도행전을 많은 이들이 성령행전이라고 부릅니다. 교회가 시작된 것도 오순절 성령 사건 이후였고, 베드로가 삼천 명 회심시키는 설교로 시작하여 바울의 전도여행까지 모든 일에 성령이 계셨기 때문입니다. 그래서 사도행전을 읽으면 성령을 배제하고는 설명할 수 없는 측면이 있는 것입니다. 그러므로 누가복음의 끝과 사도행전의 시작은 매우 중요한 예수님의 부탁으로 기록되었습니다.

"볼지어다 내가 내 아버지께서 약속하신 것을 너희에게 보내리니 너희는 위로부터 능력으로 입혀질 때까지 이 성에 머물라"

(눅24:49)

"예루살렘을 떠나지 말고 내게서 들은 바 아버지께서 약속하신
것을 기다리라"(행1:4)

물론 하나님 아버지께서 약속하신 것은 성령이었고, 기다려야 하는
이유는 연약한 제자들을 새롭게 하는 유일한 대책이었기 때문입니다.
그리고 한 가지 목적으로 초점이 맞춰집니다. '지상명령의 성취'였습니
다. 그 일을 위해 하나님께서 약속하신 것이 성령인 것입니다. 언제나
성령의 임재는 분명한 사명과 관계가 있습니다. 무분별하게 자신의 유
익만을 위해 성령을 이용한다면 문제가 있는 것입니다.

"오직 성령이 너희에게 임하시면 너희가 권능을 받고 예루살렘
과 온 유대와 사마리아와 땅 끝까지 이르러 내 증인이 되리라 하
시니라"(행1:8)

사실 사도행전을 개관하는 매우 중요한 구절은 사도행전 1장 8절입
니다. 사도행전은 매우 정확하게 "너희"(베드로를 비롯한 제자들)에게
서 시작하여 예루살렘 넘어 땅 끝까지 복음이 증거 되어가는 과정을 기
록하고 있기 때문입니다. 물론 그 일의 중심에는 성령이 계셨습니다.

실제로 오순절 성령 역사 후 변화는 지금까지 제자들의 모습과는 질
적으로 다른 모습이었습니다. 그들은 전혀 다른 모습으로 나타났습니
다. 특히 그렇게 두려워했던 베드로가 예루살렘에서 담대히 복음을 전
하는 것은 상상할 수 없는 변화였습니다. 세계를 뒤흔들어 놓는 사건이

오순절 성령 사건을 통하여 시작된 것입니다. 오순절 사건은 놀랍게도 매우 개인적이었지만 동시에 세계적이었습니다.

세계 변화를 주도하는 영향력은 먼저 개인을 변화시켰고 더불어 교회를 통하여 나타났습니다. 예루살렘 교회가 시작된 것입니다. 예루살렘 교회는 달라진 베드로와 사도들이 주도했습니다. 그 중심에 베드로가 있었습니다. 베드로가 예루살렘에서 설교했을 때 3,000명이 회개하고 세례 받는 기적으로 나타났습니다. 동시에 교회는 성장하였고, 교회의 지원을 받은 제자들은 더욱 담대해졌습니다. 그 영향력은 점점 극대화되었고 급기야 "허다한 제사장의 무리"(행6:7)도 예수를 믿는 상황이 벌어집니다.

하지만 여전히 예루살렘 교회에는 문제가 있었습니다. 성장하면서 드러난 것은 세력 싸움이었습니다. 성경은 구제 문제와 관련되어 벌어진 헬라파 유대인들의 항의로 기술되고 있지만 실제는 기존 유대적 크리스천과 개종했거나 예루살렘 출신이 아닌 디아스포라 유대인 출신의 헬라적 크리스천들의 세력 싸움이었습니다. 그것을 계기로 일곱 집사를 선출하게 되었지만 이미 베드로를 비롯한 사도들의 리더십에 대해 의문이 제기된 것이었고, 주님의 지상명령을 수행하지 않는 교회의 위기이기도 했습니다.

성령이 변화를 이끄시다

무엇인가 정체될 수 있었던 교회에 갑자기 변화가 시작되었습니다. 박해 때문이었습니다. 사울이 주동이 되어 스데반을 죽인 것처럼 "예루살렘에 있는 교회에 큰 박해"(행8:1)가 온 것입니다. 어쩌면 안주하려 했을지도 모를 사도들의 계획은 모두 수포로 돌아가고 다시 예루살렘은 적막한 사도들 중심의 교회로 전락합니다.

> "사울은 그가 죽임 당함을 마땅히 여기더라 그 날에 예루살렘에 있는 교회에 큰 박해가 있어 사도 외에는 다 유대와 사마리아 모든 땅으로 흩어지니라... 사울이 교회를 잔멸할새 각 집에 들어가 남녀를 끌어다가 옥에 넘기니라"(행8:1,3)

이 같은 박해는 교회로 하여금 예루살렘을 넘어 유대와 사마리아 땅으로 나가게 하였습니다. 박해는 단순히 대제사장 등의 산헤드린 공의회 중심만이 아니라 헤롯 왕의 박해로 발전됩니다. 더욱이 산헤드린 공의회와 헤롯당은 서로 연계된 것으로 보입니다. 여하튼 헤롯 아그립바 1세(헤롯 왕의 손자)의 박해는 야고보의 순교와 베드로를 죽이려는 시도로 이어지지만 베드로는 성령의 도우심으로 목숨을 구합니다. 하지만 놀랍게도 이 같은 박해 때문에 복음은 유다와 사마리아를 넘어 땅 끝을 향해 진행되고 있었습니다.

성령이 다메섹 도상에서 일하시다

여기서 우리가 놓칠 수 없는 것은 다메섹 도상에서의 바울의 회심입니다. 교회를 가장 강력하게 박해하던 바울이 예수를 믿게 된 것입니다. 그리고 삼 년간의 아라비아 묵상, 이것이 세계선교의 지형을 바꿔 놓습니다. 그 중심은 예루살렘 공동체나 열두 사도가 아니라 성령이셨습니다. 성령께서 직접 지휘하신 것입니다. 그런 까닭에 바울이 다메섹 체험 후 예루살렘으로 가지 않은 것입니다. 오히려 아나니아의 도움으로 회복된 후에 아라비아 사막으로 갑니다. 삼 년 동안의 깊은 묵상의 시간을 가진 후 바울은 다메섹으로 돌아왔다가 예루살렘으로 올라간 것입니다.

> "또 나보다 먼저 사도 된 자들을 만나려고 예루살렘으로 가지 아니하고 아라비아로 갔다가 다시 다메섹으로 돌아갔노라 그 후 삼 년 만에 내가 게바(베드로)를 방문하려고 예루살렘에 올라가서 그와 함께 십오 일을 머무는 동안"(갈1:17-18)

삼 년 동안의 아라비아 묵상을 통하여 깨달은 것은 갈라디아서를 참조할 때 예수가 저주받아 십자가에 매달린 것은 사실이지만, 예수가 받은 저주는 예수 자신의 죄로 인한 저주가 아니라 우리들의 죄를 대신 짊어지심으로 받은 저주라는 사실이었습니다. 바울에게 그것은 매우 치명적인 인식이었습니다. 더 나아가 예수가 받은 저주는 바로 바울 자신의 죄 때문에 받은 저주였다는 것을 깨닫습니다. 모든 것이 뒤집어지는 인식이었습니다.

> "그리스도께서 우리를 위하여 저주를 받은 바 되사 율법의 저주에서 우리를 속량하셨으니 기록된 바 나무에 달린 자마다 저주 아래에 있는 자라 하였음이라"(갈3:13)

바울에게 이 놀라운 사건을 깨닫게 한 다메섹 사건은 견딜 수 없는 것이었습니다. 그때부터 바울은 주를 위하여 미친듯이, 죽도록, 견딜 수 없는 열정으로 일하기 시작한 것입니다.

복음이 예루살렘을 넘어서다

삼 년간의 아라비아 묵상 후 바울이 간 곳은 예루살렘이었습니다. 그가 과거 스데반을 죽였던 곳. 그리고 자신을 지지하던 대제사장을 비롯한 예수와 기독교를 혐오하던 무리들이 있는 곳. 그러나 예루살렘으로 가는 가장 큰 이유는 예수와 함께 삼 년 동안 살았던 제자들을 만나보고 싶었기 때문일 것입니다. 드디어 바울이 예루살렘을 방문하였을 때 베드로를 비롯하여 초대교회 지도자들을 만납니다. 예루살렘의 사도들은 의심의 눈초리로 보고 있었겠지만 바울 자신에게는 대단한 감격이었을 것입니다. 하지만 여전히 바울은 의심받고 있었습니다.

그때 바울을 호의적으로 대했던 이가 베드로였지만(갈1:18/그 후 삼 년 만에 내가 게바를 방문하려고 예루살렘에 올라가서 그와 함께 십오 일을 머무는 동안) 여전히 바울은 예루살렘 기독교인들의 공공의 적이었습니다. 그래서 바울이 예루살렘에 올라갔을 때 바울의 마음과는 달리 모두가 두려워하고 의심하였습니다. 바울의 순수성을 도무지 받아들이지 못했다는 말입니다.

> "사울이 예루살렘에 가서 제자들을 사귀고자 하나 다 두려워하여
> 그가 제자 됨을 믿지 아니하니"(행9:26)

당연한 일이었습니다. 우리는 어떻게 바울이 베드로와 깊이 교제할 수 있었을까하는 질문이 생깁니다. 여러 가지 가능성을 말할 수 있지만 놀라운 실마리가 이어지는 말씀에 있습니다.

> "바나바가 데리고 사도들에게 가서 그가 길에서 어떻게 주를 보

앗는지와 주께서 그에게 말씀하신 일과 다메섹에서 그가 어떻게
예수의 이름으로 담대히 말하였는지를 전하니라 사울이 제자들
과 함께 있어 예루살렘에 출입하며"(행9:27~28)

이처럼 바울이 다메섹 체험 후 예수를 믿는 사람이 되지만 아니러니
하게도 복음의 확장은 바울이 주도했던 스데반 사건으로 인한 여파와
관계 있었습니다. 스데반 사건으로 흩어진 유대 기독교인들이 전방위
적으로 말씀을 전한 것입니다. 특히 베니게, 구브로, 안디옥 등 흩어진
곳에서 말씀을 전하자 수많은 사람들이 복음을 받아들인 것입니다. 그
중에서도 안디옥이 제일 들썩였던 것으로 보입니다.

"그 때에 스데반의 일로 일어난 환난으로 말미암아 흩어진 자들
이 베니게와 구브로와 안디옥까지 이르러 유대인에게만 말씀을
전하는데 그 중에 구브로와 구레네 몇 사람이 안디옥에 이르러
헬라인에게도 말하여 주 예수를 전파하니 주의 손이 그들과 함께
하시매 수많은 사람들이 믿고 주께 돌아오더라"(행11:19~21)

이 같은 소식에 화들짝 놀란 그룹은 예루살렘 교회였습니다. 이 엄청
난 부흥 앞에 예루살렘 교회는 무슨 조치를 취해야 했고 그 결과로 예
루살렘 교회는 가장 신뢰할만한 지도자, 거의 사도 수준의 지도자인 바
나바를 안디옥으로 파송합니다. 하지만 바나바만 가지고는 안디옥 교
회를 감당할 수 없었습니다. 이방인들의 개종이 줄을 잇고 있었던 것입
니다. 그래서 바나바는 이미 알고 있는 다소 사람 바울을 안디옥 교회
사역에 초청합니다.

바울의 참여로 안디옥 교회의 폭발적인 성장은 말할 것도 없고 크리

스천이라는 별명을 얻을 정도로 강력해졌습니다. 더 나아가 흉년 때문에 고생하는 예루살렘 교회를 돕는 일까지 시도할 만큼 성장합니다. 이미 사역의 중심은 예루살렘에서 안디옥으로, 베드로에게서 바울로 옮겨지고 있었습니다. 재미있게도 박해자 바울 때문이었습니다. 세상이 들썩이는 복음의 폭파 사건이 시작된 것입니다.

바울이 한 일은 성령이 인도하시는 대로 선교사역을 하는 것이었습니다. 비록 골수 유대인이었지만 다메섹 도상에서 부서진 바울에게 걸림돌은 없었습니다. 바울의 열정적인 전도사역은 소아시아 전역에 복음 열풍을 일게 하였고 소아시아 거의 전역에 복음 전파의 열매를 거두는 결과를 낳았습니다. 이처럼 복음을 열심히 전하면서 한편으로 바울은 땅 끝을 생각하고 있었는데, 바로 당시 지중해의 끝자락인 서바나, 지금의 스페인이었습니다.

성령의 역사는 끝이 없다

바울이 고린도에 갔을 때입니다. 거기서 바울은 아굴라와 브리스길라 부부를 만났습니다. 그들은 A.D. 49년 글리우디오 황제의 유대인 추방령 때문에 로마를 떠난 로마 교회 교인들이었습니다. 그들은 바울과 생업이 같은 천막을 만드는 직업을 갖고 있었는데, 한동안 그들은 함께 살았다고 성경은 기록하고 있습니다.

> "그 후에 바울이 아덴을 떠나 고린도에 이르러 아굴라라 하는 본
> 도에서 난 유대인 한 사람을 만나니 글라우디오가 모든 유대인을
> 명하여 로마에서 떠나라 한 고로 그가 그 아내 브리스길라와 함

께 이달리야로부터 새로 온지라"(행18:1-2)

　바울은 아굴라와 브리스길라 부부와 함께 고린도에 거하면서 1년 6개월 동안 복음을 전하였습니다. 여러 반대가 있었지만 아랑곳하지 않고 바울은 열심히 복음을 전하였습니다. 그 후 아굴라와 브리스길라 부부와 함께 에베소로 떠나지만, 바울은 그 부부를 에베소에 남겨놓고 안디옥으로 돌아갑니다. 2차 전도여행의 끝이었습니다.

　다시 바울이 3차 전도여행을 떠나는데 갈라디아와 브루기아 땅을 지나 아굴라와 브리스길라에게 위임했던 곳인 에베소였습니다. 바울은 2년 동안 에베소에 있으면서 두란노 서원을 세우고 복음을 전하였습니다. 2년 사역의 끝자락에 에베소에서는 아데미 신전을 섬기던 자들의 폭동이 있었고 그 후 바울은 마게도냐를 지나 아가야 지방, 고린도에 이릅니다. 이곳에서 석 달 정도를 체류합니다.

　　"소요가 그치매 바울은 제자들을 불러 권한 후에 작별하고 떠나
　　마게도냐로 가니라 그 지방으로 다녀가며 여러 말로 제자들에게
　　권하고 헬라에 이르러 거기 석 달 동안 있다가"(행20:1-3)

　이때 바울은 예루살렘으로 가기를 작정한 것으로 보입니다. 실제로 이후의 여정은 예루살렘으로 가는 여정이었습니다.

　　"바울이 아시아에서 지체하지 않기 위하여 에베소를 지나 배 타
　　고 가기로 작정하였으니 이는 될 수 있는 대로 오순절 안에 예루
　　살렘에 이르려고 급히 감이러라"(행20:16)

석 달 동안 머물렀던 고린도에서 바울은 로마서를 쓴 것으로 보이는 데, 그 편지에서 우리는 바울의 후반기 사역 모습과 심정을 잘 이해할 수 있습니다. 그 글들을 보면 바울은 소아시아 중심 사역은 정리해야 한다고 생각한 것 같습니다. 이제 복음은 충분히 전하였고, 복음을 듣지 않은 자들에게 전해야 할 시간이 왔다고 판단한 것입니다. 이 부분이 로마서 15장 이야기와 연결되는 부분입니다. 바울이 로마 교회에 보낸 편지에서 그 소회를 밝혔습니다.

> "내가 예루살렘으로부터 두루 행하여 일루리곤까지 그리스도의
> 복음을 편만하게 전하였노라"(롬15:19)

바울은 "이제는 이 지방에 일할 곳이"(롬15:23) 없다고 결론을 내렸습니다. 온통 바울의 관심은 "그리스도의 이름이 알려진 곳 말고, 알려지지 않은 곳에서 복음을 전하는 것"(새번역/롬15:20)이었습니다. 서바나는 그가 아는 한 아직 복음이 전해지지 않은 곳이었습니다. 그토록 바울이 로마로 가려는 이유였습니다. 사실 바울에게 로마는 그의 관심 밖이었습니다. 바울이 볼 때 로마는 이미 복음이 전해진 지역이었기 때문입니다. 결국 바울은 소아시아 선교의 전초기지로 안디옥이 쓰인 것처럼 서바나 선교를 위해 로마가 쓰이기를 원한 것이었습니다. 무엇보다 바울은 땅 끝까지 가고 싶었습니다. 주님의 명령을 따라 말입니다.

> "이제는 이 지방에 일할 곳이 없고 또 여러 해 전부터 언제든지
> 서바나로 갈 때에 너희에게 가기를 바라고 있었으니 이는 지나가
> 는 길에 너희를 보고 먼저 너희와 사귐으로 얼마간 기쁨을 가진
> 후에 너희가 그리로 보내주기를 바람이라"(롬15:23-24)

29장 1절을 쓰다

사도행전의 마지막 절은 이렇게 기록되어 있습니다.

> "바울이 온 이태를 자기 셋집에 머물면서 자기에게 오는 사람을
> 다 영접하고 하나님의 나라를 전파하며 주 예수 그리스도에 관한
> 모든 것을 담대하게 거침없이 가르치더라"(행28:30-31)

어떤 이들은 사도행전을 바울행전이라고 부릅니다. 바울이 중심처럼 보이기 때문입니다. 하지만 그렇지 않습니다. 사도행전의 끝이 'the END'로 끝나지 않기 때문입니다. 마치 바울이 여전히 살아있는 것처럼 마지막 절을 기록하였습니다. 아직 땅 끝까지 복음이 다 전해지지 않았기 때문입니다. '아직 끝나지 않았다'는 것이 사도행전의 아름다움입니다.

지금 이 순간도 성령은 여전히 그 누군가를 파송하고 계십니다. 또다른 바울을 세상에 보내고, 그 사람을 통해 일하시기를 원하십니다. 사도행전이 결론 짓지 않고 28장 31절에서 끝난 이유입니다. 그러므로 29장 1절은 바로 우리가 써야 할 부분입니다. 어떻게 쓰고 싶으십니까? 저는 이렇게 쓰고 싶습니다.

> "그때 잃어버린 청년을 회복하라는 주님의 음성을 듣고 일어선
> 이가 있었더라 그와 함께 꿈이있는교회가 세상과 소통하며 복음
> 을 전하기를 힘쓰더라"(하정완기록/사도행전29:1)